KB210137

행복한 사람들은
책을 읽으며
커피를 마신다

Les Gens heureux lisent et boivent du café
by Agnés Martin-Lugand

행복한 사람들은 책을 읽으며 커피를 마신다

아네스 마르탱 뤼강 지음
정미애 옮김

문학세계사

1

LE CONSULAT
AUBERGE DE LA BONNE FRANQUETTE
RESTAURANT LE CONSULAT
CAFE

"엄마! 제발!"

"클라라, 엄마가 안 된다고 했지."

"디안느, 그냥 나와 같이 가게 해줘."

"콜랭, 내가 모를 줄 알아요? 클라라가 당신을 따라 가면 둘 다 시간 가는 줄 모르고 꾸물럭거리며 한눈을 팔 테고, 그랬다간 이번 휴가는 3일이 지나도 떠나지 못할 걸요."

"그럼 당신도 같이 와서 우리를 감시하면 되지 않겠소."

"아니, 안 돼요. 가방 싸는 것 하며, 할 일이 산더미처럼 쌓인 걸 보고도 그런 소릴 해요?"

"그러니 클라라는 더더욱 나랑 가야겠네. 그래야 당신이 방해받지 않고 조용히 일을 할 수 있지 않겠소."

"엄마!"

"좋아. 알았어. 알았다고! 둘 다 빨리 사라져요! 내 앞에서 얼쩡거리지 말고."

그들은 노래를 흥얼거리며 계단을 우당탕탕 뛰어 내려갔다.

그들이 차 안에서 신 나게 노래를 부르며 깔깔대고 있는데, 트럭이 그대로 돌진했다고 했다. 나는 중얼거렸다. 둘 다 활짝 웃으며 마지막 숨을 거두었구나, 나도 그 자리에 있었으면 얼마나 좋았을까, 라고.

1년째 나는 매일 똑같은 말을 되뇌인다. 그날, 그들과 함께 죽었어야 했다고. 하지만 내 심장은 여전히 고집스럽게 뛰고 있다. 여전히 나를 살아 있는 이들의 세계에 붙들어 놓고 있다. 그것이 바로 나의 가장 끔찍한 불행이다.

소파에 몸을 웅츠린 채 담배 끝에서 빠져나가는 연기를 뚫어져라 바라본다. 그때 현관문이 화들짝 열렸다. 펠릭스다. 그는 초대받지 않고도 제멋대로 우리 집을 드나든다. 지금처럼 예고도 없이 들이닥친다. 하루도 빠짐없이. 왜 내가 그에게 집 열쇠를 건네줬는지 후회스러울 뿐.

인기척에 놀라는 바람에 담뱃재가 잠옷 위로 떨어졌다. 재를 훅 불어 바닥으로 날렸다. 어제와 똑같은 일과를 시작하는 그의 모습을 보지 않으려고 나는 부엌으로 달아나 커피 한 잔을 더

마셨다.

거실로 돌아와 보니 웬일인지 오늘은 아무것도 달라진 게 없다. 낮은 탁자 위에는 여전히 빈 잔들과 배달 요리 그릇들, 그리고 담배꽁초가 수북한 재떨이가 어지러이 놓여 있다. 펠릭스는 소파에 다리를 꼬고 앉아 나를 뚫어지게 쳐다보았다. 평소와 달리 심각한 표정의 그를 마주하니 조금 당황스러웠는데, 더 놀란 건 그의 옷차림이었다. 웬 양복이지? 구멍 난 청바지랑 헐렁한 티셔츠는 어떻게 하고?

"그렇게 차려 입고 어디 갈 건데? 결혼식? 장례식?"

"지금 몇 시야?"

"그건 내 질문에 대한 답이 아니잖아. 골든 보이라도 유혹하려고 그렇게 입은 거야?"

"차라리 그런 거면 얼마나 좋겠어. 벌써 두 시야. 얼른 일어나 씻고 옷 입어야지. 그러고 갈 수는 없잖아?"

"어딜 가는데?"

"빨리 서둘러. 네 부모님하고 콜랭 부모님이 우리를 기다리고 계셔. 한 시간밖에 남지 않았어."

순간 온몸에 전율이 일기 시작하더니 손까지 마구 떨리다 결국 울컥했다.

"절대 안 가. 안 갈 거야. 내 말 알아들어? 묘지엔 가지 않을 거라고!"

"콜랭과 클라라를 위해 가자."

그가 부드럽게 말했다.

"그들에게 인사하러 가야지. 오늘은 가야 해. 오늘로 일 년째야. 다들 널 위로해 줄 거야."

"그 누구의 위로도 필요없어. 그 바보 같은 의식에 참여하고 싶지 않아. 당신들은 내가 콜랭과 클라라의 죽음을 기리고 싶어 한다고 생각하는 거야 뭐야?"

목소리가 떨리더니 이내 오늘의 첫 눈물 방울이 툭 하고 떨어졌다. 자리에서 일어나 내게 다가오는 펠릭스가 뿌옇게 보인다. 그는 두 팔로 내 몸을 감싸고는 숨이 막힐 정도로 껴안아 주었다.

"디안느, 그들을 위해서 가자. 제발."

나는 그를 매몰차게 밀쳐 냈다.

"내가 안 간다고 했지. 귀 먹었어? 당장 내 집에서 나가!"

한 발 더 내게 다가오는 그를 보고 나는 소리를 지르며 침실로 도망쳤다. 떨리는 손으로 겨우 방문을 걸어 잠그고, 문에 등을 기댄 채 주르륵 미끄러져 내려서는 두 발을 가슴팍에 끌어안고 꼼짝 않고 있었다. 집안을 짓누르던 정적이 펠릭스가 내쉰 한숨에 깨져 버렸다.

"오늘 저녁에 다시 올게."

"다시는 널 보고 싶지 않아."

"적어도 일어나려고 노력은 해봐. 안 그러면 샤워 부스로 널 끌고 갈 거니까."

그의 발걸음 소리가 멀어지고, 문 닫는 소리가 들렸다. 그가 드디어 집을 나간 것이다.

아주 오랫동안 두 무릎 사이에 머리를 파묻고 있다 잠깐 얼굴을 들었는데, 침대가 보였다. 네 발로 기어가다시피 침대 쪽으로 가서 시트를 뒤집어쓰고 누웠다. 그렇게 숨어 들 때면 나는 언제나 콜랭의 냄새를 찾아 킁킁거렸다. 언제부턴지 그의 냄새가 사라졌지만 시트를 바꾸지 않았다. 여전히 그를 느끼고 싶었다. 무엇보다 병원 냄새, 그리고 그의 살갗에 배어 있던 죽음의 냄새를 잊고 싶었다. 마지막으로 그의 목에 얼굴을 들이밀고 맡았던 그 냄새를 잊고 싶었다.

오직 깊은 잠에 빠져들고 싶을 뿐이었다. 그러면 모든 걸 잊을 수 있을 것 같았다.

1년 전, 펠릭스와 함께 응급실에 도착했을 때는 이미 모든 것이 끝난 뒤였다. 클라라는 병원에 도착하기도 전, 앰뷸런스에서 죽었다고 했다. 그 말에 뱃속에 있는 것들을 모두 쏟아 내고 있는데 콜랭도 몇 분 남지 않았다고 했다. 아무리 버텨도 몇 시간밖에 버티지 못할 거라고! 그에게 마지막 인사를 하려면 서둘러야 한다고 했다. 나는 다들 지금 나한테 거짓말 하고 있는 거라고 비명을 지르고 싶었는데, 정작 내 입에서는 아무 소리도 새어 나오지 않았다. 나는 끔찍한 악몽을 꾸고 있는 거라고, 곧 꿈에서 깨어날 거라고 믿고 싶을 뿐이었다. 하지만 간호사는 여지없이 우리를 콜랭이 누워 있는 중환자실로 데리고 갔다. 그때부터 했던 말들은 물론, 몸짓 하나하나까지 모든 것이 내 기억 속에 남아 있다. 콜랭은 침대에 누워 있었다. 그의 몸에 연결되어 있는 온갖 기계들이 연신 깜박거리며 이상한 소리를 내고 있었다. 그는 간간이 몸을 움찔거렸다. 심한 출혈로 알아보기 힘들 정도로 망가져 있는 얼굴을 보고 나는 꼼짝할 수 없었다. 펠릭스가 옆에 바싹 붙어서 부축해 주었기에 두 발로 겨우 서 있을 수 있었다. 콜랭의 머리가 내 쪽으로 살짝 돌려져 있었는데, 그의 눈이 내 눈을 애타게 찾고 있었다. 그는 힘에 겨운 듯 희미한 미소를 지어 보였다. 그 미소 덕분에 그에게 한 발 다가갈 수 있었다. 내가 그의 손을 잡자 그가 내 손을 있는 힘껏 움켜쥐었다.

"당신…… 빨리…… 클라라한테……."

이것이 그가 어렵게 토해 낸 전부였다.

"콜랭, 클라라는……."

"클라라는 지금 수술실에 있어."

펠릭스가 재빨리 중간에 끼어들었다. 나는 머리를 들어 그를 보았다. 그가 내 눈길을 피하면서 콜랭에게 미소를 지어 보였다. 내 귀에는 모든 소리들이 뒤엉켜 윙윙대기만 했다. 몸 마디마디의 근육들이 파르르 떨리면서 눈앞이 흐려졌다. 콜랭이 내 손을 더 세게 쥐는 게 느껴졌다. 나는 그를 바라보았다. 그는 펠릭스가 전해 주는 클라라 소식에 귀를 기울이고 있었다. 펠릭스는 쉬지 않고 클라라는 괜찮을 거라고 속삭였다. 이 새빨간 거짓말이 갑자기 나를 참담한 현실로 되돌려 놓았다. 콜랭이 거의 꺼져 가는 목소리로 클라라와 노래를 부르고 있었다고 말했다. 나는 할 말을 잃었다. 그에게 몸을 기울이고 이마를 덮고 있는 머리카락을 손으로 가만가만 쓸어 넘겨 줄 뿐이었다. 그의 얼굴이 다시 나를 찾았다. 눈물 때문에 그의 모습이 뿌옇게 보이기 시작했다. 서서히 그의 호흡이 꺼져 가는 걸 보며 나도 덩달아 숨이 가빠지기 시작했다. 그때 콜랭이 손을 들어 내 뺨에 얹으며 속삭였다.

"쉿…… 내 사랑. 진정해……. 클라라……당신이 필요해……."

"당신은 어떻게 하고?"

"우리 아이……."

그는 내 뺨에 흐르는 눈물을 닦아 주려고 애를 쓰며 우리 아이가 더 중요하다고 겨우 답했다.

나는 점점 더 거칠게 울음을 토해 내며 아직 온기가 남아 있는 그의 손바닥에 내 얼굴을 부볐다. 그는 아직 내 곁에 있었다. 아직은. 나는 이 '아직은' 에 매달렸다.

"콜랭, 당신을 떠나보낼 수 없어."

나는 흐느끼며 중얼거렸다.

"디안느…… 당신 혼자…… 아니야."

다 알아들을 수는 없었지만 클라라가 내 곁에 있을 거고, 펠릭스가 우리를 잘 돌봐줄 거라고 말하는 것 같았다.

나는 그를 똑바로 쳐다보지 못한 채 머리를 마구 흔들었다.

"내 사랑……."

툭, 그의 목소리가 끊겼다. 순간, 내 머릿속이 하얗게 비었다. 그는 늘 그래왔듯이 나를 위해 마지막 남은 기운을 모두 다 소진해 버린 것이었다. 그에게 작별의 입맞춤을 했다. 마지막 숨을 모아 꺼져 가는 목소리로 진심으로 사랑했다고 고백하는 그에게 나도 그랬다고, 나도 마음을 다해 사랑했다고 전했다. 그게 전부였다. 그리고 나는 그 옆에 나란히 누웠다. 그의 머리를 내 가슴에 기대게 했다. 내 품에 안겨 있는 한, 떠날 수 없을 거라고 중얼거리면서. 몇 시간이나 흘렀을까. 한참을 그렇게 누워 있었다. 그의 가슴을 토닥거리고, 입을 맞추고, 그를 느끼려고 했다. 부모님이 나를 그에게서 떼어 놓으려고 했을 때 비명을 질렀다. 콜랭의 부모님도 왔지만 콜랭에게는 손도 대지 못하게 했다. 그는 온전히 나만의 사랑이었다. 펠릭스는 긴 시간 인내하며 내 곁을 묵묵히 지켰다. 그러다 한참 지난 뒤, 클라라에게 작별인사 하러 가야 한다고 일깨워 주었다. 이 세상에서 콜랭에게서 나를 떼어 놓을 수 있는 유일한 존재는 바로 클라라였다. 콜랭을 움켜쥐고 있던 손가락을 서서히 풀고는 마침내 그를 놓아 주었다. 그의 입술에 마지막 입맞춤을 하고 그 자리를 떠났다.

클라라에게 가는 길은 내내 뿌연 안개 속이었다. 중환자실 문 앞에 섰을 때야 정신이 돌아왔다.

"안 돼! 들어갈 수가 없어!"

나는 펠릭스에게 소리쳤다.

"디안느, 가서 만나 봐야지."

문 쪽을 바라보며 계속 몇 발자국 뒤로 물러서다 병원 복도로 미친 듯이 뛰쳐 나왔다. 클라라가 죽어 있는 모습을 도저히 마주할 수 없었다. 아이의 환한 미소와 찰랑거리는 금발만을 기억하고 싶었다. 깜찍하게 반짝거리는 두 눈……. 오늘 아침, 아빠와 함께 집을 나서며 내게 보여 주었던 그 예쁜 모습 그대로.

지난 1년 내내 그래왔듯이 오늘도 집안엔 무거운 정적만이 감돈다. 더 이상 음악도, 웃음도, 대화도 없다. 모든 게 끝났다.

두 발이 태엽을 감은 자동인형처럼 클라라의 방으로 향한다. 방 안은 온통 장밋빛이다. 태어날 아이가 딸이라는 걸 안 그때부터 아이의 방은 오직 분홍빛으로 꾸미겠다고 콜랭에게 선언했다. 그는 내 생각을 바꾸려고 온갖 노력을 다해 보았지만 소용이 없었다.

사고 이후, 나는 어느 것 하나 손대지 않았다. 침대 위로 둘둘 말려 있는 시트도, 사방에 제멋대로 흩어져 있는 인형들도. 아이가 여행을 갈 때마다 자기 인형들을 가득 넣고 끌고 다니던 작은 트렁크도 그대로다. 인형 두 개만 보이지 않는다. 하나는 클라라 곁에서 영원히 잠들게 해주었고, 나머지 하나는 밤마다 내가 끌어안고 잔다. 조용히 아이 방 문을 닫고, 콜랭의 옷장으로 걸어가 그의 셔츠를 꺼냈다.

펠릭스가 돌아왔을 때 나는 욕실에 있었다. 전신 거울은 큼직한 목욕 수건으로 가려 놓았다. 선반에는 콜랭의 향수병들 외에 아무것도 없다. 나를 위한 어떤 액세서리도, 화장품도, 보석도 없다.

욕실 타일 바닥이 차가웠지만 나는 조금도 놀라지 않는다. 그런 건 아무 상관없다. 샤워 물이 내 몸 위로 끊임없이 흘러내리지만 아무 느낌도 없다. 손바닥에 클라라의 딸기 향 샴푸를 잔뜩 묻혔다. 달콤한 향기에 웅크렸던 몸의 긴장이 풀리자 와락 눈물이 쏟아졌다.

오늘의 의식을 시작할 시간이다. 제일 먼저 몸에 콜랭의 향수를 뿌린다. 첫 번째 보호막이다. 이어 그의 셔츠를 입고 단추를 잠근다. 두 번째 보호막. 모자가 달린 스웨터를 입는다. 세 번째 보호막. 아이 샴푸의 딸기 향을 빼앗기지 않으려고 젖은 머리를 그대로 묶는다. 네 번째 보호막이다.

거실에 돌아오니 쓰레기는 이미 다 치워져 있고, 창문도 활짝 열려 있다. 부엌은 한바탕 전투를 치른 듯했다. 펠릭스를 보러 가기 전에 거실의 창문들을 모두 걸어 잠근다. 어둠이야말로 나의 가장 편안한 친구였다.

펠릭스는 냉동고에 머리를 밀어 넣고 기웃거리고 있었다. 나는 문틀에 등을 기대고 서서 그를 바라보았다. 그는 휘파람을 불며 엉덩이를 흔들어 댔다.

"오늘 왜 그렇게 기분이 좋은지 물어봐도 돼?"

"지난밤 너무 황홀했거든. 저녁 준비 할 동안 잠깐 기다려. 나중에 다 얘기해 줄게."

그는 나를 돌아보다 멈칫 했다. 그대로 내게 다가와 가까이 코를 들이대며 냄새를 맡는 것이었다.

"그렇게 킁킁대지 마."

"이제 그만하면 안 될까?"

"왜 그래? 씻었단 말이야."

"당연히 씻어야지. 잘했어."

그는 내 뺨에 입을 맞추고는 다시 휘파람을 불기 시작했다.

"언제부터 요리도 할 줄 알았지?"

"요리하는 거 아니야. 그냥 전자레인지 돌리는 거지. 그 전에 먹을 걸 찾아내야겠지만. 이 집 냉장고는 고비사막보다 더 삭막하다니까."

"배고프면 피자 시켜. 네가 무슨 요리를 하겠다고. 냉동식품 가지고도 실패할걸."

"그래서 너희 부부가 나를 지난 10년 동안 잘 먹여 살려 줬잖아. 지금 막 기막힌 생각이 하나 떠올랐는데, 네게 좀더 많은 시간을 할애해야겠다."

나는 소파에 몸을 던졌다. 어젯밤 그가 경험한 황홀한 무용담을 들을 차례였다. 어느새 레드 와인 한 잔이 내 앞에 놓여 있었다. 펠릭스는 내 앞에 자리를 잡고 앉아 담뱃갑을 건넸다. 나는 한 개비를 뽑아 입에 물었다.

"네 부모님이 안부 인사 전해 달래."

"그래."

나는 그의 얼굴에 담배 연기를 내뿜으며 대답했다.

"널 많이 걱정하고 계셔."

"그럴 필요 없는데."

"널 보러 오고 싶어 하시고."

"그러고 싶지 않아. 넌 행복한 줄 알아. 유일하게 너만 참아주고 있잖아."

"나야 대체 불가능한 사람이지. 넌 나 없이 못 살걸."

"펠릭스!"

"좋아, 좋아. 알았어. 네가 원한다면 지난밤 일을 하나도 빠트리지 않고 다 얘기해 줄 수 있다고."

"아, 그럴 필요 없어. 다 좋은데, 제발 너의 그 성적인 무용담만은 사양할게."

"그럼 뭘 원해? 네 부모님 얘기?"

"아니야. 그냥 어젯밤 얘기 계속해."

펠릭스는 외설적인 대목에 가선 짓궂게도 더 상세히 묘사했다. 그에게 삶은 한 마디로, 성적인 쾌락이 고삐 풀린 듯 넘쳐나는 한바탕의 성대한 파티였다. 그는 자기 이야기에 빠져 내 대답 따윈 관심도 없었다. 쉬지 않고 말을 하느라 벨 소리가 크게 울렸는데도 멈출 줄 몰랐다.

피자 배달원까지 덩달아 끼어서 펠릭스가 스무 살 먹은 남학생을 어떻게 침대로 끌어들였는지 경청했다. 펠릭스의 성 교육에 입문한 또 한 명의 학생이 된 셈이었다.

"오늘 아침, 그 불쌍한 친구의 머릿속을 들여다봤으면 가관이었을걸. 다시 돌아와 자기를 돌봐달라고 애원하지 않으니 얼마나 다행이야. 어쨌든 마음이 쓰리긴 했어."

"너, 정말 못됐다."

눈물을 닦는 척하면서 덧붙이는 그에게 내가 대꾸했다.

"사전에 다 예고했지. 그래도 어쩌겠어. 펠릭스를 한번 맛보고 나면 그대로 중독이 돼 버리는 걸."

나는 피자를 한두 입 베어 먹었을 뿐, 나머지는 펠릭스가 모두 처리했다. 그러고도 그는 떠날 생각을 하지 않았다. 문득 낯설 정도로 조용해졌다.

"디안느, 오늘 어땠는지 왜 안 물어?"

"별 관심 없어."

"너무 심하다. 어떻게 그렇게 무관심할 수 있지?"

"입 다물어. 무관심하다니! 그런 식으로 말하지 마."

나는 자리에서 벌떡 일어서며 소리쳤다.

"젠장, 네 몰골 좀 돌아봐. 거지도 그런 거지가 없다니까. 아무것도 하지 않잖아. 일도 안 하고. 매일 줄담배나 피우고, 그저 마시고, 잠자고. 그러니 집이 점점 무덤으로 변하지. 매일매일 무너지는 너를 보고만 있을 수 없어."

"아무도 이해하지 못할 거야."

"아니, 다들 네가 얼마나 힘들어 하는지 알아. 하지만 네 자신을 그렇게 무너지도록 내팽개칠 수는 없어. 콜랭과 클라라가 떠난 지 벌써 일 년이야. 이젠 너도 살아야지. 그들을 위해서라도. 이제 딛고 일어서야지."

"어떻게 싸워야 하는지도 몰라. 그러고 싶지도 않고."

"내가 널 도울 수 있게 해줘."

더는 참을 수 없어 두 손으로 양쪽 귀를 틀어막고 눈을 질끈 감았다. 펠릭스가 내 팔을 붙들고 억지로 자리에 앉혔다. 그는 오늘도 나를 숨막힐 정도로 껴안아 줄 것이다. 이해할 수 없지만 여전히 그의 이런 따뜻한 위로가 내게 버틸 힘을 주었다.

"오늘밤, 같이 나갈까?"

"넌 하나도 이해하지 못했어."

나는 그의 두 팔에 안긴 채 투덜거렸다.

"이제 이 집에서 좀 나가자. 사람들도 만나고. 언제까지 이렇게 갇혀 지낼 건데? 자, 나하고 북카페에도 가 보고."

"북카페 같은 거 생각도 하고 싶지 않아."

"그럼, 우리 둘이 여행갈까? 카페 문은 얼마든지 닫아도 돼. 우리 없어도 얼마든지 잘 돌아갈 테니. 아니, 나 없어도. 어쨌든 몇 주는 괜찮을 거야."

"아무 데도 가고 싶지 않아"

"그러지 마. 어디든 가서 실컷 웃자. 스물네 시간 널 돌봐줄게. 네가 다시 기운을 차리려면 그 방법밖에 없을 것 같아."

그를 하루 종일 견뎌야 한다니 생각만으로도 끔찍했다.

"알았어, 알았다구. 생각해 볼게."

일단 그를 진정시켜야 했다.

"정말이지?"

"그렇다니까. 이제 잠 좀 자야겠어. 그만 가 봐."

그는 내 뺨에 쪽 소리가 날 정도로 세게 입을 맞춰 인사하고는 주머니에서 전화기를 꺼냈다. 긴 주소록을 손가락으로 하나씩 훑으면서 스티븐, 프레드, 아니, 알렉스에게 전화를 걸었다. 뜨거운 밤을 보낼 생각에 취해 마침내 날 가만히 내버려 두었다. 나는 자리에서 일어나 담배에 불을 붙이고는 현관문 쪽으로 그의 등을 밀었다. 그는 잠깐 전화기에서 얼굴을 떼고, 내 귀에 속삭이며 입맞춤을 했다.

"내일 보자. 그런데 너무 일찍은 못 올 것 같아. 광란의 밤이 약속되어 있거든!"

나는 대답 대신 두 눈을 들어 천장을 올려다보았다. 내일 아침엔 북카페 문이 또 닫혀 있겠군. 그렇다고 내가 할 일은 없었다. 북카페를 돌보던 때는 이미 다른 시절의 삶이었으니.

펠릭스 때문에 나는 완전히 기진맥진했다. 물론 그를 좋아하긴 했지만 더는 견딜 수 없었다.

침대에 누워 그의 말을 되뇌어보았다. 나를 흔들어 놓으려고 작정한 것 같았다. 어떻게든 그에게서 벗어날 방법을 찾아 내야 했다. 일단 한 가지 생각에 꽂히면 그대로 밀어붙이는 그가 아닌가. 그는 내가 잘 지내기를 바라지만, 그건 내가 원하는 게 아니었다. 서둘러 대책을 마련해야 했다.

2

LE CONSULAT
AUBERGE DE LA BONNE FRANQUETTE
RESTAURANT LE CONSULAT
CAFE
LA BONNE FRANQUETTE

펠릭스가 '우울증에 빠진 디안느 구출 작전'을 단행한 지 일주일이 되어 가고 있었다. 그동안 그는 말도 안 되는 제안들을 마구 쏟아 냈다. 탁자에 여행 팸플릿을 잔뜩 쌓아 놓고 태양이 이글거리는 곳으로 떠나자고 유혹하기까지 했다. 관광객들로 붐비는 바, 대서양 크루즈 여행, 야자수 나무, 럼주를 탄 칵테일……. 펠릭스에게는 천국일지 몰라도 내겐 지옥일 게 뻔했다. 비좁은 모래사장에 다닥다닥 달라붙어 일광욕을 하거나, 호텔 뷔페에서 멋지게 차려입고 앉아, 혹시나 다른 사람이 마지막 남은 소시지를 낚아챌까 봐 초조해하고, 비행기 안에서 아우성치는 아이들과 꼼짝없이 열 시간도 넘게 갇혀 지내야겠지. 남들은 꿈꾸는 여행일지 몰라도 나는 상상만 해도 숨이 막혔다.

나는 거실 안을 서성거리며 목이 타들어 갈 정도로 줄담배를 피웠다. 잠도 더 이상 은신처가 되어 주지 못했다. 나이트클럽에서 수영복 차림의 펠릭스가 나를 끌어내 살사 춤을 추자고 할지 모른다는 상상만으로 머리가 지끈거렸다. 내가 양보하지 않는 한 절대로 포기할 그가 아니니 그에게서 벗어나야 했다. 그를 멀리 떨쳐 내는 동시에 안심도 시켜 주려면 내가 떠나야 했다. 어떻게든 파리를 떠나 그가 따라올 수 없는 먼 곳으로 달아나야 했다.

살아 있는 자들의 세상 어딘가로 떠나기로 결심한 뒤로, 식료품 찬장과 냉장고는 끔찍할 정도로 텅텅 비어 갔다. 유통기한을 훌쩍 넘긴 비스킷들(클라라의 간식이었다)과 콜랭의 맥주만 남아 있었다. 나는 맥주병을 들고 이리저리 돌려 보다 뚜껑을 땄다. 고급 와인을 음미하듯 코를 들이대고는 냄새를 맡았다. 한 모금 넘기자 여러 기억들이 흘러 나왔다.

진한 맥주 맛이 배어 있는 콜랭과의 첫 섹스. 그날은 둘이서 얼마나 웃어 댔던지. 그런 철없는 낭만이 스무 살의 우리를 숨쉬게 한 것인지도 모르겠다. 콜랭은 언제나 흑맥주만 고집했다. 황금색의 일반 맥주는 그다지 좋아하지 않았다. 금발머리인 나를 왜 선택했는지 모르겠다며 농담을 던지곤 했는데.

흑맥주 마니아였던 그는 늘 아일랜드에 가고 싶어 했다. 그러다 내가 태양을 좋아한다는 걸 알고는, 아일랜드는 춥고 바람만 분다며 생각을 바꾸었다. 사실 그는 내게 바람막이 재킷이나 극세사 섬유 옷을 억지로 입히고 싶어 하지 않았던 것이다. 그는 언제나 내가 원하는 것만을 하는 사람이었다.

맥주병이 손에서 미끄러져 바닥에 떨어지는 바람에 산산조각이 났다.

콜랭의 책상에 앉아 세계 지도를 펼쳐 놓고 아일랜드 쪽을 둘러보았다. 어떻게 이렇게 차분한 마음으로 생을 마감할 장소를 선택할 수 있는 건지. 어느 곳엘 가면 오로지 콜랭과 클라라만을 떠올리며 고요함과 평화로움을 느낄 수 있을까? 아일랜드에 대해 아는 것이 없었기에 나는 두 눈을 감고 손가락으로 아무데나 짚었다.

슬그머니 실눈을 뜨고 들여다보았다. 지도에서 손가락을 떼어 낸 다음 지명을 읽었는데, 우연히도 제일 작은 항구 도시였다. 깨알 같은 글씨로 '뮈라니' 라고 적혀 있었다.

그렇게 해서 나는 뮈라니로 자발적 유배를 떠났다.

펠릭스에게 내 계획을 알려야 했다. 용기를 내는 데 3일이나 걸렸다. 저녁을 막 먹고 난 뒤였다. 식사하는 내내 그를 즐겁게 해주려고 음식을 입 안에 넣고 계속 우물거렸다. 소파에 기대 앉아 여행 책자를 뒤적거리는 그에게 툭 말을 건넸다.

"펠릭스, 그 잡지들 이제 좀 치워 줘."

"어디 갈지 결정한 거야?"

그가 몸을 벌떡 일으켜 세우고는 두 손을 맞대 비벼대기 시작했다.

"어디로 갈까?"

"네가 어디로 갈지 내가 어떻게 알겠어. 어쨌든 나는 아일랜드에 가기로 했어."

애써 아무렇지도 않은 듯 뱉었다. 펠릭스는 물 바깥으로 내던져진 물고기처럼 숨을 헐떡거리더니 한숨을 길게 내쉬었다.

"무슨 소리야. 정신 차려! 지금 날 놀리고 있는 거지? 진심 아니지? 도대체 누가 너한테 그런 말도 안 되는 생각을 갖게 한 거야?"

"콜랭."

"이거 원. 완전히 정신이 나갔군. 콜랭이 죽은 자들 가운데 다시 살아나 네가 여행할 곳을 알려 주러 왔다고 그러지 왜."

"나한테 못되게 굴지 마. 콜랭이 가고 싶어 했던 곳이야. 다른 이유는 없어. 그게 다야. 콜랭이 가지 못했으니 내가 대신 가는 것뿐이야."

"말도 안 돼. 넌 절대 거기 못 가."

펠릭스가 자신만만한 목소리로 말했다.

"왜 안 되는데?"

"그런 나라에 가서 네가 뭘 하겠어? 아무것도 없다구."

"어떤 나라인데?"

"럭비선수들 같은 덩치 큰 남자들이 양고기나 뜯어먹는 그런 나라지 무슨 나라야."

"럭비선수가 어때서? 뜻밖인데. 너 그런 거 좋아하잖아. 게다가 태국에 가는 이유가 보름달이 뜬 바닷가에서 흥청망청하다 왼쪽 엉덩이에 〈포레버 브랜든 (Forever Brandon)〉이라는 문신이나 새기고 돌아오는 것보다 낫지 않겠어?"

"빙고! 비교할 걸 비교해야지. 넌 중증환자야. 거기에 갔다가는 영영 회복되지 못할 거야."

"그만해. 이미 결심했으니 뭐라 해도 소용없어. 몇 달 가서 지내 볼 거야. 다른 말은 더 듣고 싶지 않아."

"설마 내가 널 따라갈 거라고 생각하는 건 아니겠지. 기대도 하지 마."

나는 자리에서 벌떡 일어나 손에 집히는 대로 분주하게 물건을 정리하기 시작했다.

"천만 다행이지. 왜냐하면 널 초대할 생각은 추호도 없거든. 내 뒤만 졸졸 따라다니는 강아지를 데리고 가고 싶지 않다구.

지금도 너 때문에 숨 막혀 죽을 지경이니까."

나는 그를 똑바로 쳐다보며 소리쳤다.

"한 가지 분명히 해 두는데, 얼마 안 있으면 다시 나 때문에 숨 막히게 될 테니 두고 봐."

그는 풋 하고 한바탕 웃고는 내 눈을 뚫어지게 바라보며 말없이 담배에 불을 붙였다.

"왜 그런지 말해 줄까? 왜냐하면 넌 이틀도 안 돼 다시 돌아올 테니까. 초췌한 얼굴로 날 찾아와 태양이 이글거리는 곳으로 데려가 달라고 애원할 테니까."

"절대 그런 일 없어. 네가 무슨 생각을 하건 그건 네 자유야. 하지만 내가 이러는 건 회복하고 싶기 때문이야."

"방법은 잘못됐어도 어쨌든 시계 태엽을 다시 감아 보려고 마음먹었나 보네."

"오늘은 기다리는 친구 없어?"

감시관처럼 구는 그를 더 이상 참을 수 없었다. 그가 자리에서 일어나 내게 다가와 물었다.

"내가 너의 엉뚱한 결정을 축하하러 갔으면 좋겠어?"

그는 갑자기 굳어진 얼굴로 내 어깨에 손을 얹고는 내 두 눈을 응시했다.

"정말 벗어나고 싶은 거야?"

"물론이지."

"그렇다면 트렁크에 콜랭의 셔츠랑 클라라 인형은 챙겨 넣지 마. 네 향수만 가져가라고. 다른 건 다 두고 가."

내가 판 함정에 내가 빠진 꼴이었다. 갑자기 뱃속이 울렁거리고, 가슴이 먹먹해지면서 머리까지 참을 수 없이 지끈거렸다. 그의 눈을 피하지 못해 당황하고 있는데, 그의 손가락이 내 어깨를 으스러지도록 붙잡았다.

"물론이야. 잘 지내고 싶어. 조금씩 이것들과도 거리를 둬야겠지. 예전부터 네가 바라던 대로 되어서 좋겠네."

기적처럼 내 목소리는 전혀 떨리지 않았다. 펠릭스는 한숨을 깊이 내쉬고는 입을 열었다.

"책임지지 못할 말은 하지 마. 넌 결코 그렇게 못할 테니까. 콜랭이 이 자리에 있었다면 절대 그런 무모한 계획을 받아들이지 않았을 거야. 네가 뭔가를 시도해 보려는 건 다행이야. 하지만 제발 그 계획은 포기하자. 다른 걸 찾아보자. 네가 더 깊은 수렁에 빠질까 봐 불안해."

"절대 포기 안 할 거야."

"자, 지금은 잠을 좀 자 둬. 얘기는 내일 마저 하자."

그는 시무룩한 얼굴로 내 뺨에 가벼운 입맞춤을 건넸다. 그리고는 아무 말 없이 현관문 쪽으로 걸어갔다.

침대에 누워 솜이불을 몸에 칭칭 둘러 감고는 클라라의 곰 인형을 바싹 끌어안았다. 미친 듯이 쿵쾅거리는 심장을 진정시켜야 했다. 펠릭스가 틀렸어. 콜랭은 내가 혼자 외국에 간다고 했어도 얼마든지 받아들이고 지지해 주었을 거야. 물론 여행 계획은 자기가 짜 주겠다고 나섰겠지만. 여행 갈 때마다 비행기 티켓, 호텔 예약은 물론, 내 아이디 카드 챙기는 것까지 모두 다 그가 알아서 했다. 내게 내 여권이나 클라라 여권을 맡긴 적은 단 한 번도 없었다. 난 늘 구름 속을 떠다닌다고 했으니까. 콜랭이 옆에 있었으면 여행 계획을 잘 세웠다고 칭찬해 줄까? 확신이 서진 않았다. 나는 한 번도 혼자 살아 본 적이 없었다. 부모님 집에서 독립하면서 곧바로 콜랭과 살기 시작했으니. 전화로 간단한 정보를 묻거나 항의할 때도 안절부절못하고 주춤거리는 나와 달리 콜랭은 모든 것에 거침이 없었다. 이번 계획만큼은 콜랭이 나를 자랑스러워했으면 좋겠다. 그가 가까이서 하나부터 열까지 나와 함께 챙긴다고 상상하며 준비를 해야지. 어쩌면 이것이 내가 마지막으로 그를 위해 할 수 있는 일인지도. 모두에게 내가 끝까지 갈 수 있다는 걸 증명해 보이고 싶었다.

아무리 마음 먹어도 바꾸기 어려운 습관이란 게 있는 건지, 짐 싸는 일만큼은 도저히 그를 따라갈 수 없었다. 옷장에서 옷들을 꺼내 막무가내로 트렁크에 쑤셔 넣었다. 이제 읽을 책들만 챙기면 모든 준비는 끝난다. 꽤 쉽지 않은 작업이겠지만.

마지막으로 이 거리를 걸어 본 게 언제였지? 카페 계산대에 등을 기대고 있던 펠릭스는 멀리서 걸어오는 내 모습을 보고는 그 자리에서 주저앉을 것처럼 휘청거렸다. 5 분도 채 안 되어, 나는 이미 비에이 뒤 탕플Vieille-du-Temple 가로 들어섰다. 오, 나의 거리! 테라스, 상점, 갤러리가 즐비한 이곳에서 한나절을 보내던 때도 있었는데. 이 거리에 있는 것만으로도 행복했던 시절이었다. 그때는 그랬다!

오늘은 콜랭의 후드티를 푹 뒤집어쓰고, 앞서 걷는 이들, 이웃들, 그리고 관광객들을 되도록 피해 가며 걸었다. 전봇대에 막혀 머뭇거리지 않으려고 아예 찻길로 내려서서 걸었다. 그때의 기억들이 되살아나면서 모든 것들이 나를 괴롭혔다. 단골 빵집에서 풍겨 나오는 갓 구운 빵 냄새까지도.

카페에 가까워지자 발걸음이 느려졌다. 이곳에 발을 들여놓지 않은 지 1년도 더 지났다는 사실을 깨달았다. 카페 건너편 인도에 멈춰 섰다. 고개를 들어 카페를 바라보지 못한 채, 한쪽 주머니에 손을 찔러 넣고 꼼짝 않고 서 있었다. 니코틴이 필요했다. 지나가는 사람이 날 밀치는 바람에 얼굴이 카페 쪽으로 돌아갔다. 나무 틀로 둘러싸인 작은 유리창, 문 안쪽에는 앙증

맞은 벨이 걸려 있었다.

〈행복한 사람들은 책을 읽으며 커피를 마신다〉

5년 전 내가 지은 북카페 이름이다. 콜랭과 클라라와 함께 했던 예전의 기억들이 한꺼번에 되살아났다. 그 기억들이 나를 그 시절로 데려다 놓았다.

카페 개업 날 아침은 그야말로 정신이 없었다. 인테리어 마무리도 덜 된 데다, 책 상자들조차 풀지 못했다. 코빼기도 보이지 않는 펠릭스를 마냥 기다릴 수는 없었다. 나 혼자 일꾼들을 재촉해 가며 마무리 작업을 끝내야 했다. 콜랭은 15분마다 전화를 걸어 저녁 시간까지 개업 준비는 끝나겠느냐고 물었다. 그때마다 나는 눈물을 찔끔거리며 미친 여자처럼 웃었다. 나의 사랑하는 동업자께서는 해가 중천에 뜬 정오가 넘어서야 등장하셨다. 카페 간판조차 달지 못해 나는 발작을 일으키기 직전이었다.

"펠릭스, 도대체 어디 갔다 이제 오는 거야?"

나는 소리를 질렀다.

"미장원에 다녀오는 길이야. 근데 너도 머리 좀 손봐야겠는걸."

그는 마치 더러운 것을 만지듯 두 손가락 끝으로 내 머리카락 한 올을 집어 들고는 말했다.

"이 난장판을 보고도 미장원에 다녀오라는 말이 나와? 개업식 준비는 하나도 되지 않았는데. 오늘 아침부터 콜랭한테는 거짓말만 늘어놓고 있고. 완전 실패작이야. 북카페를 열고 싶다고 했을 때 도대체 왜 우리 부모님하고 콜랭은 나를 말리지 않은 거지. 선물은 무슨 선물! 독 묻은 선물이라니까. 더는 버틸 수가 없어."

내 목소리가 홀 안에 째질 듯이 울렸다. 그러고는 또다시 이리저리 뛰어다니기 시작했다. 펠릭스는 일꾼들을 모두 밖으로 내보낸 뒤, 내 어깨를 붙들고 흔들었다.

"그만! 지금부터 내가 다 알아서 할 거야. 그러니까 넌 어서 예쁘게 꾸미고 와."

"시간이 없단 말이야."

"아무리 그래도 여주인공이 형편없는 몰골로 손님들을 맞이할 수는 없지."

그는 나를 카페 뒷문 밖으로 밀쳐 냈다. 위층 스튜디오로 연결되어 있는 문이었다. 방 안에는 새 원피스와 화장품들이 가지런히 준비되어 있었다. 그 옆으로 커다란 장미와 프리지아 꽃다발이 콜랭이 남긴 메모지와 함께 놓여 있었다. 나를 사랑한다고, 그리고 나를 끝까지 믿고 지지한다고 적혀 있었다.

오픈 날은 대성공이었다. 펠릭스가 카운터를 보는 바람에 비록 매출은 제로에 가까웠지만. 다 자기 때문이라고 그가 자백했다. 콜랭은 틈만 나면 내게 윙크와 미소를 보내며 격려했다. 나는 클라라를 품에 안고 테이블 사이사이를 열심히 휘젓고 다녔다. 카페 안은 가족과 친구들, 콜랭의 동료들, 펠릭스의 의심스러운 연인들, 그리고 주변 상가 지인들로 발 디딜 틈 없이 북적거렸다.

5년이 지난 지금은 모든 것이 달라졌다. 무엇보다 콜랭과 클라라가 더 이상 곁에 없다. 다시 일을 하고 싶은 마음도 없고, 이곳에 있는 모든 것들이 콜랭과 클라라의 존재만을 일깨워 줄 뿐이다. 어려운 재판에서 이겼다며 으쓱대던 콜랭, 손님들 사이를 갸우뚱거리며 첫 걸음을 내딛던 클라라. 카운터 테이블에 올라앉아 석류 주스 잔을 앞에 두고 처음으로 자기 이름을 삐뚤빼뚤 그리던 클라라, 그리고 그 모습을 바라보며 맛보았던 환희!

얼핏 옆으로 아이의 그림자가 스쳐 지나간 듯했다. 펠릭스가 나를 붙들어 품에 안고는 흔들어 댔다.

"너 지금 여기서 30분째 이러고 있는 거 알아? 빨리 날 따라와."

나는 고개를 저었다.

"이러려고 온 거 아니잖아. 우리 카페에 들어가 봐야지."

그는 내 손을 잡고 거리를 건넜다. 카페 문을 열 때는 내 손을 더 세게 쥐었다. 벨 소리가 홀 안에 울려 퍼지자 눈물이 주르륵 흘러내렸다.

"나도 저 소리 들을 때마다 클라라 생각이 나."

펠릭스가 고백했다.

"자, 카운터 뒤로 와 봐."

나는 순순히 그의 말을 따랐다. 책 냄새와 커피 냄새가 뒤섞여 있었다. 나도 모르게 숨을 깊이 들이마셨다. 손으로 나무 테이블을 쓸어 보았다. 손에 뭔가 끈적거리는 게 묻어 났다. 찻잔 하나를 유심히 살피니 너무 더러웠다. 다른 잔들도 마찬가지였다.

"펠릭스, 여기 왜 이렇게 지저분한 거야. 우리 집에서만 깔끔 떠는 거 아니야?"

"일이 너무 많아서 그래. 한가로이 가정주부 놀이 할 시간이 없다니까."

그는 어깨를 으쓱해 보였다.

"하긴 손님이 정말 많네."

카페 구석에 덩그라니 손님 한 명이 앉아 있었다. 펠릭스와 서로 눈짓을 나누는 걸 보니 꽤 가까운 사이임에 틀림없었다. 젊은 남자였는데, 그는 잔을 다 비운 뒤 책을 겨드랑이에 낀 채 카운터는 들르지도 않고 곧바로 나가는 것이었다.

"여기서 다시 일을 해보려고?"

펠릭스는 커피를 마시며 내게 물었다.

"무슨 소리야?"

"여기 일하러 온 거 아니냐고?"

"아니, 아니라는 거 잘 알잖아. 책 좀 가져 가려고."

"진짜 떠나는 거야? 그런데 그렇게 서두를 건 없잖아. 시간에 쫓길 일도 없고."

"내 말은 듣지도 않았구나. 다음 주에 떠날 거야. 펜션 예약도 끝났고."

"펜션 예약?"

"몇 달 간 지내려고 바닷가 오두막 별장을 빌렸거든."

"후회하지 않을 자신 있어?"

"아니, 아무것도 확신할 수 없어. 직접 가서 겪어 보고 싶어. 그렇다고 우리 둘 사이가 멀어지는 거 아니니 걱정하지 마."

"디안느, 날 혼자 여기에 내버려 두지 마."

"벌써 일 년도 넘게 혼자서 잘 꾸려 가고 있잖아. 물론 내가 옆에 있었어도 도움이 못 됐겠지만. 자, 이제 그 얘긴 그만하고, 읽을 만한 책 좀 권해 봐."

그는 건성으로 자기가 좋아하는 책 몇 권을 가리켰고, 나 역시 별 생각 없이 받아들였다. 어떤 책이든 상관없었다. 한 권은 이미 잘 알고 있는 책이었다. 존 스타인벡의 『샌프란시스코의 뉴스』. 펠릭스에게 아미스테드 모핀(역주: 샌프란시스코에서 활동하는 미국 작가. 그는 트렌스젠더와 동성애 문제를 정면으로 다루었다.)은 모든 어려움을 척척 해결해 내는 능력자였다. 다른 것들은 처음

보는 책이었다. 펠릭스는 책들을 한 권씩 카운터 위에 올려놓았다. 그러면서 내 눈길을 애써 피했다.

"집으로 갖다 줄게. 너무 무겁잖아."

"고마워. 이제 갈게. 할 일이 아직 많이 남아서."

나는 바 테이블 뒤쪽의 좁은 공간을 쳐다보다 호기심이 일어 가까이 가 보니 콜랭과 클라라, 펠릭스, 그리고 나, 이렇게 넷이 찍은 사진이 가지런히 걸려 있었다. 꽤 정성들여 만든 액자였다. 펠릭스 쪽을 돌아다보았다.

"이제 집에 가 봐야지." 그가 다정하게 말했다.

그는 문 가까이에 서 있었다. 나는 밖으로 나오기 전, 잠깐 멈춰 서서 그의 뺨에 부드럽게 입맞춤해 주었다.

"디안느, 오늘밤은 나 기다리지 마. 들르지 않을 거니까."

"오케이, 내일 봐."

"콜랭!"

심장이 쿵쾅거리고, 온몸에 식은땀이 배어들었다. 침대 옆자리를 손으로 더듬거린다. 그가 누워 있어야 할 자리에 싸늘한 기운만 맴돈다. 아무것도 손에 잡히지 않는다. 분명히 그가 그 자리에 있었는데, 그곳에 누워 나를 안아 주고, 목덜미에 짜릿한 입맞춤을 해주고, 귓불 뒤에서부터 어깨까지 천천히 혀로 핥아 주고, 거친 숨소리 사이사이 감미로운 목소리로 속삭이며 내 목덜미에 키스를 퍼부었는데. 그러면 어느새 우리의 두 다리는 서로 뒤엉켜들었고.

나는 시트를 걷어차고 맨발로 마룻바닥을 딛고 섰다. 거실 한 가운데로 도시의 불빛이 환하게 비쳐들었다. 발을 내디딜 때마다 마룻바닥에서 나는 삐걱거리는 소리에 옛 기억들이 되살아났다. 콜랭이 집에 돌아와 현관문 자물쇠에 열쇠를 꽂을 때면 클라라가 어느새 알고 쪼르르 달려 나갔다. 지금도 마룻바닥을 뛰어가는 아이의 발자국 소리가 들리는 것만 같다.

매일 저녁이면 똑같은 의식이 거행되었다. 클라라와 나는 서로를 끌어안고 소파에서 뒹굴거리며 콜랭이 오기만을 기다렸다. 클라라는 이미 잠옷 차림이었다. 열쇠가 찰칵하고 돌아가는 소리가 나면 나는 곧바로 소파에서 일어나 현관으로 걸어갔다. 하지만 콜랭이 서류 가방을 바닥에 내려놓자마자 그의 품에 제일 먼저 달려드는 건 언제나 클라라였다.

어둠 속에서 나는 둘의 발걸음을 흉내 내며 걷는다. 내게 미소지으며 걸어 오던 그의 모습이 떠오른다. 내가 그에게 다가가 먼저 넥타이를 풀어 주었고, 그러고 나면 우리는 진한 키스를 나누었다. 그럴 때마다 클라라는 우리 둘을 떼어 놓느라 끙끙거렸다. 잠시 후 우리는 다 같이 저녁을 먹었고, 콜랭이 클라라를 토닥거리며 재워 주고 나서야 우리 둘만의 시간을 누릴 수 있었다. 클라라가 침대에서 엄지를 입에 물고 곤히 잠들어 있기에 안심이 되는 시간이었다.

이제 '우리의 집'은 더 이상 없다. 어느 하나 건드리지 않으려고 했지만 소용이 없었다. 이제 더는 서류 뭉치도, 자물쇠 안에서 철컥거리는 열쇠 소리도, 현관문을 향한 달리기 경주도 없다. 다시는 이곳으로 돌아오지 않을 것이다.

45분도 넘게 지하철을 타고 달려왔는데, 정작 출구 계단 아래 서니 꼼짝 할 수가 없었다. 계단을 하나씩 딛고 올라설 때마다 다리가 점점 굳어지는 것만 같았다. 묘지가 역에서 이렇게 가까웠나? 묘지의 철창 문을 넘어서다 빈손으로 갈 수 없다는 생각에 가장 먼저 눈에 띄는 꽃집에 들어갔다. 묘지 근처라 꽃집은 여러 군데 있었다.

"꽃을 좀 사려고요."

"그럼, 제대로 오셨네요!"

꽃집 주인이 미소지으며 대답했다.

"특별한 기념일을 위한 꽃을 찾으시나요?"

"저기 가려고요."

나는 손가락으로 묘지를 가리켰다.

"점잖은 꽃으로 추천해 드려야겠네요."

"장미 두 송이만 주세요. 그거면 돼요."

그녀는 잠시 놀란 얼굴로 나를 쳐다보더니 곧바로 꽃다발이 있는 쪽으로 갔다.

"흰 장미로 주세요. 포장은 하지 마시고요. 그냥 들고 갈게요." 내가 말했다.

"그런데……."

"얼마예요?"

나는 지폐 한 장을 내려놓고, 그녀의 손에서 장미를 거의 빼앗다시피 하고는 도망쳐 나왔다. 미친 듯이 달리다 자갈길 위에 멈춰 서서 주변을 둘러보았다. 어디였지? 잊고 있던 기억들이 되살아나면서 땅바닥에 그대로 무너져 내렸다. 순간 눈물이 핑 돌았다. 나는 곧바로 전화기를 꺼내 카페 번호를 눌렀다.

"행복한 사람들은 술을 홀짝거리고 허공으로 붕 뜬답니다. 여보세요? 무엇을 도와 드릴까요?"

"펠릭스!"

거친 숨을 내쉬며 그의 이름을 불렀다.

"무슨 일이야?"

"여기가 어딘지 모르겠어. 말도 안 돼. 그들을 보러 갈 수가 없어."

"누구를 보러 가고 싶은데? 무슨 소리 하는지 통 모르겠네. 어디에 있는 거야? 왜 울어?"

"콜랭하고 클라라를 보고 싶어."

"너. 혹시 묘지에 간 거야?"

"응."

"당장 갈게. 거기 꼼짝 말고 있어."

묘지는 장례식 날에 딱 한 번 온 게 전부였다. 그리고는 매번 오지 않겠다고 버텼으니까.

콜랭과 클라라가 마지막 숨을 거둔 날, 나는 병원에서 도망쳐 나와 다시는 병원으로 돌아가지 않았다. 우리 부모님과 콜랭의 부모님 앞에서 장례식에도 절대 참석하지 않겠다고 선언했다. 그들은 나를 차갑게 쏘아 보았고, 얼마 뒤 아파트 문을 쾅 닫고 나가 버렸다.

"디안느, 너 완전히 미쳤구나!"

엄마가 소리를 질렀다.

"엄마, 난 거기 갈 수가 없어. 너무 힘들어. 콜랭과 클라라가 땅에 묻히는 걸 그냥 두고만 볼 수 없어. 그러면 모든 게 끝났다는 걸 받아들이는 거잖아."

"콜랭과 클라라는 죽었어." 엄마가 소리쳤다. "받아들여야 해."

"그만해! 절대 장례식에 가지 않을 거야. 그들이 영원히 떠나는 걸 보고 싶지 않다고."

나는 등을 돌린 채 통곡하기 시작했다.

"그게 무슨 소리야?" 아빠가 내뱉었다.

"그건 네 의무야." 엄마가 덧붙였다.

"당연히 참석해야지. 그냥 와서 조용히만 있어."

"의무? 의무라고? 그런 건 내 알 바 아니야."

나는 그들을 날카롭게 쏘아 보았다. 화가 치밀어 오르면서 가슴이 무엇엔가 찔린 듯 너무 아팠다.

"그래. 네가 감당해야 할 책임이 있는 거야. 어쩔 수 없어."

아빠가 대답했다.

"아빠에게 콜랭과 클라라, 그리고 저는 전혀 중요하지 않군요. 다른 사람들의 시선만이 중요한가요. 그저 실의에 빠진 가족의 이미지를 보여 주고 싶으신 건가요?"

"그래. 우리가 바로 실의에 빠진 가족이니까."

엄마가 옆에서 대꾸했다.

"아니야! 나는 지금 내가 가장 사랑하는 가족, 유일한 가족, 진정한 가족을 한꺼번에 잃어버린 거라고."

가슴이 들썩거리며 호흡이 가빠졌다. 나는 부모님의 눈을 피하지 않고 똑바로 쳐다보았는데 그들의 얼굴이 점차 일그러졌다. 조금이라도 그들의 얼굴에서 후회하는 흔적을 찾아보려 했지만 소용이 없었다. 전혀 자신들의 생각을 굽히지 않았다.

"우리한테 어떻게 그런 말을 할 수 있니? 네 부모인 우리한테 어떻게."

아빠가 다그쳤다.

"다 나가요!" 나는 손가락으로 현관문을 가리키며 소리쳤다. "당장 내 집에서 나가라고요!"

아빠가 엄마를 두 팔로 부축하고는 문 쪽으로 걸어갔다.

"조금 이따 널 데리러 올 테니 시간 맞춰 준비하고 있으렴."

아빠는 다시 한 번 힘줘 당부하고는 밖으로 나갔다.

그리고 그들은 스위스 시계처럼 정확한 시간에 다시 찾아왔다. 너무 지쳐 있었기에 나는 더 이상 저항할 수 없었다. 엄마가 막무가내로 내게 옷을 입혔고, 아빠는 나를 자동차가 있는 곳으로 끌고 갔다. 성당에 도착하자마자 나는 그들을 밀치고 펠릭스의 두 팔에 달려들었다. 그때부터 펠릭스에게서 한 발짝도 떠나지 않았다. 장의차가 도착했을 때도 나는 그의 가슴에 머리를 묻고 있었다. 장례식이 치러지는 내내 그가 내 귀에 대고 요 며칠 장례식을 어떻게 준비했는지 소곤소곤 들려주었다. 콜랭과 클라라에게 마지막으로 입힐 옷들을 골랐다고. 클라라는 예쁜 리버티 꽃무늬 원피스를 입고 있고, 자기가 제일 좋아하던 인형을 품에 안고 있다고. 콜랭을 위해서는 회색 넥타이를 준비하고 손목에 시계도 채워 줬다고 했다. 그의 서른 살 생일 기념으로 내가 선물한 시계였다. 묘지까지 나는 펠릭스에게 기댄 채 걸어갔다. 부모님이 내게 다가와 꽃을 내미는 걸 보고 뒤로 한 발 물러섰다.

"펠릭스, 디안느가 꽃을 내려놓을 수 있도록 좀 도와주게나. 할 일은 해야지 않겠나. 이런 상황에서 어린애처럼 굴 수는 없잖아."

펠릭스가 내 손을 으스러질 듯 움켜쥐었다. 그리고는 엄마의 손에서 꽃다발을 빼앗았다.

"부모님 말고, 콜랭과 클라라를 위해서 해."

나는 관 위에 꽃다발을 힘없이 던졌다.

"얼마나 뛰었는지 정신이 하나도 없네."

펠릭스가 내게 와서 말했다.

"장미꽃은 좀 놓지 그래. 안 그러면 손에 가시 박히겠다."

그는 내 앞에 쪼그려 앉아 손가락을 하나씩 펼쳐 장미꽃을 빼내 바닥에 내려놓았다. 손바닥 한가운데 붉은 핏방울이 맺혀 있었지만 나는 아무 통증도 느끼지 못했다. 펠릭스가 내 허리를 한 손으로 감싸 안고 일어설 수 있도록 부축해 주었다.

우리는 묘지 안쪽에 있는 샘터까지 걸어갔다. 그는 아무 말 없이 내 손을 씻어 주고는 꽃병 안에 물을 가득 담았다. 그리고는 그 자리에 나를 세워 둔 채 머뭇거리지 않고 곧바로 앞으로 걸어갔다. 이윽고 어느 무덤 앞에 우뚝 서더니 주변을 깨끗이 정돈하기 시작했다. 콜랭과 클라라의 무덤이었다. 나와는 첫 대면인 셈이었다. 나는 눈으로 대리석 색깔이며, 묘비명의 글씨체까지 하나하나 살폈다. 콜랭은 33세. 클라라는 여섯 번째 생일조차 축하해 주지 못했는데. 펠릭스가 내게 장미 두 송이를 건넸다.

"자, 무슨 말이라도 해야지."

나는 묘지 앞에 바보 같은 선물을 내려놓고는 무릎을 꿇었다.

"내 사랑……. 미안해요. 무슨 말을 해야 할지……."

목소리가 날카롭게 갈라졌다. 두 손으로 얼굴을 감싸는데, 별안간 온몸이 싸늘하게 식는 것 같더니 이내 불덩이처럼 뜨거워졌다.

"여보, 나 너무 힘들어. 왜 클라라를 데리고 갔어? 당신, 어떻게 나만 놔 두고 떠날 수 있어? 당신한테 그럴 권리 없단 말이야. 클라라를 데리고 갈 권리도 없고. 여기 나만 혼자 버리고 간 당신이 너무 미워. 그때 나도 같이 떠났어야 했어."

나는 손등으로 눈물을 닦아 내며 꺼억꺼억 소리내어 울부짖기 시작했다.

“당신과 클라라를 다시는 볼 수 없다는 게 지금도 믿어지지 가 않아. 내가 할 수 있는 건 그냥 기다리는 거야. 당신과 클라라가 다시 내게 돌아올 때까지 집에서 기다리는 것밖에 할 수가 없어. 그런데 사람들이 그렇게 하면 안 된대. 그래서 떠나려고 해. 여보, 기억 나? 나랑 같이 아일랜드에 가고 싶어 했잖아. 왜 그때 싫다고 했는지. 바보처럼. 지금이라도 혼자 가 보려고. 얼마 동안 머물지는 모르지만. 나는 당신하고 클라라가 어디에 있는지 몰라. 그냥 너무 보고 싶어. 당신과 클라라가 필요해. 날 지켜봐 줄 거지. 날 보호해 줄 거지. 여보, 사랑해.”

두 눈을 감았다. 그러다 일어서려고 하는데 머리가 핑 돌면서 휘청거렸다. 펠릭스가 날 붙들어 주었다.

우리는 서로 돌아다보지 않고, 말 한 마디 없이 묘지 정문 쪽으로 걸어갔다. 펠릭스가 지하철 역으로 내려가는 계단 앞에 멈춰 섰다.

“저기 말이야, 지금까지 네가 벗어나고 싶다고 말했을 때 다 빈말이라고 생각했어. 그런데 오늘은 널 믿어도 된다는 걸 보여줘서 고마워. 네가 너무 자랑스럽고!”

아일랜드로 떠나기 하루 전날, 부모님께 전화를 걸었다. 내 계획을 통보한 그날부터 그들은 매일 전화를 걸어 다 그만두라고 설득했는데, 다행히 그때마다 자동응답기가 맡은 바 임무를 잘 완수해 주었다.

"엄마, 저예요."

수화기 너머로 최대한 볼륨을 높인 TV 소리가 들려왔다. 귀에 익은 소리였다.

"어떻게 지내니?"

"떠나려고요."

"또 그 소리! 여보, 이리 좀 와 봐요. 당신 딸인데, 얘가 또 떠난다고 하네요."

타일 바닥에 의자 끌리는 소리가 나더니 이내 아빠가 수화기를 받아들었다.

"디안느, 아빠 말 좀 들어라. 우리한테 와서 며칠 좀 지내렴. 그러면 한결 머리도 맑아질 거야. 정리도 좀 될 테고."

"아빠, 그러지 마세요. 아무 소용없어요. 내일 떠나요. 엄마 아빠와 같이 살 수 없다고, 그러지 않겠다고 여러 번 말씀드렸잖아요. 여전히 절 이해해 주지 않으시네요. 전 서른두 살 먹은 다 큰 어른이라고요. 부모님 집에서 같이 살 나이는 벌써 지났단 말이에요."

"넌 혼자서 할 줄 아는 게 아무것도 없잖니. 너한테는 보살펴 줄 사람이 필요해. 아무리 계획을 세우면 뭐하니. 혼자 힘으로는 끝까지 마무리할 줄도 모르는데. 생각해 보렴. 북카페도 우리가 차려 준 거고. 카페 월세를 감당하고 그럭저럭 먹고 살 수 있게 된 것도 모두 콜랭이 똑똑하게 대처했기 때문이지. 너 혼자 어떻게 외국에 나가 떨어져 지내겠다는 건지. 절대 불가능한 일이야."

"아빠, 눈물겹도록 고맙네요. 제가 부모님께 그렇게 골칫덩어리였는지 몰랐어요. 제가 원하는 건 바로 지금 같은 말을 더는 듣고 싶지 않다는 거예요. 이제 좀 벗어나고 싶어요."

"수화기 좀 이리 줘 봐요. 아이를 몰아세우지만 말고."

뒤편에서 발을 동동 구르는 엄마의 목소리가 들렸다.

"네 아빠 원래 퉁명스럽잖니. 마음에 없는 말도 잘하고. 하지만 아빠 말이 옳아. 넌 지금 너무 무모해. 아무 생각도 없고. 펠릭스랑 같이 간다면 모를까. 물론 그 친구가 언제까지나 널 돌봐줄 수는 없겠지만. 자, 이 엄마 말 들으렴. 지금까진 네가 하자는 대로 그대로 내버려 두었어. 시간이 지나면 괜찮아질 줄 알았으니까. 엄마랑 지난번 말했던 정신과 선생님 좀 만나러 가자. 한결 좋아질 거야."

"엄마, 그만해. 의사 따윈 필요 없단 말이야. 두 분과 함께 살고 싶지도 않고. 내가 원하는 건 그냥 자유롭고 싶어. 알겠어? 혼자 있고 싶다고. 늘 감시받고 있는 지금 상황이 너무 힘들어. 내 소식이 궁금하거나 보러 오고 싶으면 언제든 연락해. 내 전화번호 알잖아. 나한테 여행 잘 다녀오라는 말은 제발 하지 마."

나는 두 눈을 멍하니 뜨고 천장을 올려다보았다. 알람시계가 울리기만을 기다리며 뜬눈으로 밤을 지샜다. 지난 밤, 부모님과 통화하다 매몰차게 전화를 끊은 것 때문은 아니었다. 이제 몇 시간 후면 아일랜드 행 비행기에 올라타 있겠지. '우리의 집' 에서 보내는 마지막 밤이라는 생각 때문인지 머릿속이 복잡했다. 콜랭과 나의 침대에서 보낸 마지막 밤이었다. 콜랭의 자리에 몸을 웅크리고 누워 그의 베개에 눈물범벅인 얼굴을 파묻고, 클라라의 인형에 코를 비벼댔다. 마침내 알람이 울렸고, 나는 로봇처럼 자리에서 벌떡 일어났다.

욕실에 들어가 거울을 닦고 마주 보니 그 앞에 콜랭 셔츠를 걸친 한 낯선 여자가 멍하니 서 있었다. 몇 달 만에 처음으로 마주한 내 모습이었다. 셔츠의 단추를 하나씩 풀고 있는 내 손가락을 물끄러미 바라보았다. 먼저 한쪽 팔을 빼내고, 그 다음 팔도 뺐다. 셔츠가 내 몸에서 빠져 나가더니 바닥에 주르르 미끄러지듯 흘러내렸다. 클라라의 샴푸로 머리를 감으며 이 의식도 마지막이라고 중얼거렸다. 샤워 부스에서 나오면서 바닥에 널

브러져 있는 셔츠는 쳐다보지도 않고 예전에 입던 내 옷을 집어 들었다. 청바지에 몸에 딱 달라붙는 스웨터를 입다 말고 숨이 막히는 바람에 정신없이 콜랭의 후드티로 바꿔 입었다. 그제야 다시 숨을 쉴 수 있었다. 콜랭이 떠나기 전에도 내가 종종 입던 옷이었다.

시계를 힐끗 보니, 시간이 조금 남아 있어 커피 잔을 움켜쥔 채 담배를 찾아 입에 물었다. 그리고 사진 몇 장을 골라 가방 속에 집어 넣었다.

그렇게 소파에 앉아 출발 시간을 기다렸다. 손가락을 분주하게 꼼지락거리다 엄지가 결혼 반지에 부딪쳤다. 아일랜드에 가면 여러 사람을 만나게 될 테고, 다들 이 반지를 보면 내가 결혼했다는 걸 알 테고, 그럼 남편은 어디에 있느냐고 묻겠지. 나는 아무 대답도 하지 못할 테고. 반지를 몸에서 떼어 내지 않으면서도 사람들의 시선에서 감춰야 했다. 목걸이에서 펜던트를 빼낸 다음 그 대신 반지를 끼워 넣고는 스웨터 속으로 밀어 넣었다.

초인종이 두 번 울리면서 정적이 깨졌다. 문을 열자 펠릭스가 서 있었다. 그는 아무 말 없이 안으로 들어와서는 나를 뚫어지게 바라보았다. 그의 얼굴은 광란의 밤을 보낸 기색이 역력했다. 퉁퉁 부은 두 눈은 시뻘겋게 충혈되어 있었다. 그에게서 술과 담배 냄새가 역하게 풍겼다. 입 뻥긋 하지 않아도 목소리가 쉬어 있을 게 틀림없었다. 그는 여행 가방들을 하나씩 문 밖으로 끌어내기 시작했다. 나는 마지막으로 집 안을 휙 돌아다보았다. 불을 끈 다음 방문을 하나씩 닫았다. 현관문을 닫으려는 순간, 내가 문고리를 꽉 움켜쥐고 있다는 걸 깨달았다. 자물쇠가 철컥 닫히는 소리만이 텅 빈 집에 아득히 울려 퍼졌다.

3

LE CONSULAT
RESTAURANT LE CONSULAT
CAFE
AUBERGE DE LA BONNE FRANQUETTE

나는 렌터카 앞에 서 있었다. 발 아래에는 트렁크가 놓여 있고, 앞뒤로 건들거리는 두 손에는 열쇠 하나가 쥐어져 있다. 센 바람이 주차장으로 훅 하고 휘몰아쳐 순간 균형을 잃고 휘청거렸다.

비행기에서 내린 뒤로 계속 물 위를 떠다니는 느낌이다. 아무 생각 없이 탑승객들 뒤를 따라 수화물 찾는 곳까지 걸어갔고, 렌터카 대리점에서 좀처럼 알아들을 수 없는 억양에도 불구하고 담당자의 말뜻을 겨우 감지하고는 계약서에 서명했다.

자동차 앞에 서자 온몸이 떨리고, 기운이 쭉 빠지면서 근육통에 걸린 듯 마디마디가 쑤셨다. 도대체 내가 지금 어느 진흙탕 속을 허우적대고 있는 건지. 집으로 돌아가고 싶지만 이젠 선택의 여지도 없다. 이곳 뭐라니가 내 집이었다.

살을 에는 듯한 바람이 불어 좀처럼 담배에 불을 붙일 수가 없었다. 간신히 성공하긴 했지만 하마터면 머리카락에 불똥이 옮겨 붙을 뻔했다.

자동차 앞 유리에 붙어 있는 스티커를 보고서야 왼쪽으로 운전해야 한다는 사실을 깨달았다. 시동을 켜고 기아를 1단에 놓자마자 시동이 꺼져 버렸다. 여러 번 시도했지만 소용이 없었다. 고물차를 배당받은 건 아닌지. 사람들이 모여 있는 고객 안내실 안으로 들어갔다. 다들 회심의 미소를 머금은 채 눈앞에서 벌어지는 장면을 구경하고 있었다.

"차 좀 바꿔 주세요. 시동이 잘 안 걸려요." 나는 퉁명스럽게 말했다.

"안녕하세요?" 그들 중 제일 나이 들어 보이는 한 남자가 웃는 얼굴로 인사하더니 무슨 일이냐고 물었다.

"잘 모르겠어요, 시동이 안 걸려서."

"애들아, 이 분 좀 도와드려라."

덩치 큰 남자들 몇몇이 밖으로 나왔다. 나는 한 발 뒤로 물러서며 움찔했다. '양고기를 뜯어먹는 럭비맨들' 이라고 했던 펠릭스의 말이 떠올랐다. 그의 말이 옳았다.

그들이 보는 앞에서 다시 시동을 걸어 보았지만 여전히 말을 듣지 않았다.

"기아를 잘못 넣었네요." 거구의 남자가 재미있다는 듯 웃으며 말했다.

"아닌데……. 나도 운전할 줄 알아요."

"기아를 5단에 두세요. 일단 제가 말하는 대로 해보세요."

그가 하라는 대로 하자 시동이 걸렸다.

"여기는 모든 게 반대군요. 운전도, 운전대 위치도, 기어도."

"이제 됐죠?" 옆에 있던 다른 남자가 물었다.

"네. 고마워요."

"어디로 가시죠?"

"뭐라니요."

"꽤 가야 할 텐데. 조심하세요. 특히 원형 교차로 조심하시고."

"고마워요."

"별 말씀을. 하여튼 조심해서 가세요."

그들은 머리를 계속 끄덕거리며 인사했다. 얼굴은 활짝 웃고 있었다. 도대체 자동차 수리공들이 언제부터 저렇게 친절했지?

중간 지점을 지날 쯤에서야 조금씩 긴장이 풀리기 시작했다. 고속도로와 원형 교차로도 무사히 통과했다. 도로 양쪽으로 푸른 초원이 끝없이 펼쳐져 있었고, 눈에 들어오는 것이라곤 양

떼들 밖에 없었다. 차는 한 대도 마주치지 않았다. 다행히 비가 내릴 것 같진 않았다.

펠릭스와 헤어지던 모습이 자꾸 떠올랐다. 집에서 공항까지 가는 차 안에서 우리는 한 마디도 나누지 않았다. 그는 내게 눈길 한 번 주지 않고 줄담배를 피우더니 마지막 헤어지는 순간에서야 꽉 물고 있던 이를 풀었다.

"몸조심해야 해. 알았지?" 그가 먼저 입을 열었다.

"알았어. 걱정하지 마."

"지금이라도 취소하면 안 될까? 꼭 떠날 필요는 없잖아."

"그렇지 않아도 머리 복잡한데 힘들게 하지 마. 비행기 탈 시간이다. 이제 가 볼게."

이별은 늘 낯설었다. 이번 이별은 생각했던 것보다 훨씬 힘들었다. 내가 그에게 몸을 기대자 그가 잠시 주춤하다 이내 두 팔로 꼭 끌어안아 주었다.

그에게 주의를 주듯 내가 말했다.

"잘 지내고 있어. 엉뚱한 짓은 그만하고. 약속하지?"

"그거야 지내 봐야 알지. 자, 빨리 가 봐."

그가 마침내 나를 놓아 주었다. 나는 가방을 움켜쥐고 공항 보안대 쪽으로 걸어가며 손을 번쩍 들어 흔들었다. 여권 심사를 받는 내내 그가 나를 뚫어지게 쳐다보고 있다는 걸 느꼈지만 돌아보지 않았다.

뮈라니! 한눈에 광고지에서 얼핏 본 듯한 통나무 펜션을 알아볼 수 있었다. 마을을 통과한 뒤 굽이진 해변 길을 따라 여행의 종착지인 뮈라니에 도착한 것이다.

내가 빌린 별장 옆으로 비슷하게 생긴 별장이 하나 더 잇대어 있었다. 때마침 키 작은 노부인이 다가와 손을 내밀며 인사했다. 나는 애써 미소를 지어 보였다.

"안녕하세요? 디안느 씨 맞죠? 이곳 별장 안주인이에요. 아비라고 해요. 여행은 어떠셨어요?"

"만나 뵙게 되어 반갑습니다."

그녀는 내가 건넨 손을 재미있는 듯 바라보고는 악수를 했다.

"여기서는 서로 다들 알고 지내요. 편하게 지내세요. 채용 인터뷰를 하러 오신 것도 아니고. 저한테 마담이라고 높여 부를 생각은 마세요. 아셨죠?"

그녀의 안내를 따라 집 안으로 들어갔다. 집 안은 무척 편안하고 따뜻해 보였다.

아비는 쉬지 않고 말을 했지만 나는 가끔 바보 같은 미소를 지으며 고개를 끄덕일 뿐 귀담아듣지 않았다. 그녀는 일일이 부엌 집기들이며, 케이블 TV, 조수 간만 시간표, 그리고, 미사 시간까지 알려 주었는데, 겨우 중간에 끼어들 수 있었다.

"미사 시간은 필요 없을 것 같아요. 성당에 가고 싶지 않은 일을 겪어서요."

"디안느, 우리 아일랜드 민족은 여전히 힘든 문제를 안고 있어요. 아마 오시기 전에 우리가 지금까지 독립과 종교의 자유를 위해 투쟁했다는 얘기 정도는 들었을 거예요. 당신이 지금 있는 이곳은 가톨릭 국가예요. 저희가 그 사실을 자랑스러워하고 있다는 것은 꼭 말씀 드리고 싶네요."

"아비, 죄송하지만 저는……."

그녀가 크게 웃으며 말했다.

"저런! 긴장하지 마세요. 그냥 가볍게 한 말이에요. 주일 미사에 가지 않아도 돼요. 단지 저희가 영국 사람이 아니라는 사실만 기억해 주셨으면 해요."

"그럴게요."

그녀는 다시 친절하게 안내해 주었다. 2층에는 욕실과 침실이 있는데, 침대는 가로로 누워도 될 만큼 커다란 더블 킹 사이즈였다. 거인의 나라에 온 게 실감이 났다.

"아비, 고마워요. 모든 게 다 좋아요. 부족한 게 없네요."라고 나는 겨우 중간에 끼어들어 한 마디 했다.

"어머, 내가 너무 들떠 있었나 봐요. 미안해요. 겨울에 여기까지 찾아오는 분을 만나서 기뻐서 그래요. 오늘을 기다렸거든요. 이제 그만 가 볼게요. 편히 쉬세요."

나는 집 밖까지 배웅했다. 그녀는 자전거에 올라타 내 쪽을 돌아다보았다.

"언제든 저희 집에 오세요. 커피 마시러 오셔도 좋고요. 우리 집 양반도 무척 반가워할 거예요."

뭐라니에 도착한 첫날 밤 내내 세찬 바람이 휘몰아치고, 굵직한 빗방울이 사정없이 유리창을 때렸다. 지붕마저 삐걱거리질 않나, 환영 인사치고는 꽤 요란스러웠다. 다행히 침대는 편안했는데도 좀처럼 잠이 오질 않았다. 조용히 하루를 되돌아보았다.

혼자 차에서 짐을 꺼내는 게 보통 힘든 일이 아니었다. 거실을 돌아보니 여행 가방들이 여기저기 제멋대로 뒹굴고 있었다. 하루 종일 먹은 게 없다는 걸 깨닫고는, 짐 정리는 나중으로 미루고 일단 허기부터 채우기로 했다. 한쪽 구석에 있는 부엌으로 가보니, 수납장과 냉장고에 식료품들이 잔뜩 채워져 있었다. 아비가 준비해 둔 게 틀림없었다. 나한테 귀띔을 해주었을 텐데 고맙다는 인사도 제대로 못했다는 생각에 얼굴이 화끈거렸다. 그녀 말대로 정말 고즈넉한 바닷가 마을이었다. 중심 도로도, 슈퍼도, 주유소도, 심지어 바까지 모두 하나뿐이었다. 길을 잃을 위험도, 상점에서 신용카드를 그어 댈 위험도 없는 곳이었다.

다만 안주인의 극진한 환대가 부담스러웠다. 그녀야 친하게 지낼 이웃을 기다렸을지 몰라도 나는 그저 조용히 혼자 지내고 싶었다. 한가한 노부부의 대화 상대가 되어 주려고 여기까지 온 건 아니니 최대한 초대를 뒤로 미루기로 했다. 그 누구하고도 새로운 인연을 맺고 싶지 않았다.

별장에서 꼼짝하지 않고 버틴 지 일주일이 되던 날, 처음으로 문 밖으로 나왔다. 그동안은 아비가 장을 봐 둔 덕분에 식량도, 담배도 모두 충분했다. 생존 문제를 걱정할 필요는 없었다. 짐 정리에 꽤 많은 시간을 보내기도 했지만. 파리의 집처럼 편안한 공간을 마련하기란 쉬운 일이 아니었다. 예전의 내 삶을 떠올리게 하는 것들이 하나도 없었다. 밤이면 거리를 밝히는 노란 가로등 불빛도, 도시의 생기발랄한 소리도. 바람이 겨우 잔잔해지면 숨 막힐 정도로 무거운 침묵이 엄습해 왔다. 한 번도 마주친 적은 없지만 차라리 이웃에서 시끌벅적한 파티라도 열어 주길 바랄 정도였다. 그러면 자장가 삼아 잠이라도 들 수 있겠는데.

마을 식품점에 들어섰을 때 온갖 것들이 혼합된 냄새가 한꺼번에 몰려와 머리가 지끈거렸다. 잘 닦인 파리 아파트 마룻바닥의 밀랍 냄새는 찾아볼 수 없었다. 익명성이 철저하게 보장되는 파리 상가들과는 너무 달랐다.

차라리 일찍 얼굴을 내밀고 신고식을 치렀으면 이렇게 많은 눈이 한꺼번에 내게 쏠리지는 않았을 텐데. 주위의 얘기는 귀 기울여 들을 필요도 없었다. 이방인인 내 존재 자체가 그들에게는 흥미진진한 화젯거리였다. 내가 옆을 지나칠 때마다 돌아보며 슬그머니 미소를 짓고, 고개를 까닥하며 인사를 건네기도 했다. 직접 말을 걸어 오는 사람도 있었다. 그때마다 우물거리며 겨우 몇 마디 답을 했다. 상점에서 마주치는 모든 사람들과 인사를 나누는 일은 무척 낯선 경험이었다. 나는 진열대를 서성대며 둘러보았다. 식료품, 옷, 심지어 관광객을 위한 기념품까지 없는 게 없었다. 나만이 위험한 이방인 냄새를 풍기고 있었다. 재미있는 건 어딜 가나 양을 피해갈 수가 없다는 것이다. 도자기 찻잔 문양에도, 라구(역주: 질기거나 지방이 많은 고기, 가금류, 생선 등에 여러 가지 채소를 넣어 만든 스튜용 고기) 진열대에도, 스웨터와 스카프 모티브에도, 이곳 사람들은 먹고, 옷을 지어 입으려고 양들을 키웠다. 마치 맘모스를 사육하던 선사시대 사람들처럼.

"디안느, 어머, 반가워요. 여기서 만나게 되네요."

언제 가까이 왔는지 아비가 말을 걸었다.

"안녕하세요?" 나는 깜짝 놀라 대답했다.

"오늘쯤 별장에 가 보려고 했어요. 아무 문제, 없는 거죠?"

"네, 없어요. 고마워요."

"사고 싶었던 건 찾았어요?"

"그게…… 제가 찾는 게 다 있진 않네요."

"파리에서나 맛볼 수 있는 바게트나 치즈 같은 거 말씀이세요?"

"그게……."

"농담한 거예요. 장은 다 봤어요?"

"네."

"이리로 좀 와 봐요. 소개해 주고 싶은 사람들이 있어요."

그녀는 입가에 환한 미소를 머금고 내 팔을 붙든 채 모여 있는 사람들 앞으로 데리고 갔다. 그렇게 많은 사람들과 얘기해 본 게 얼마 만인지. 친절한 게 오히려 낯설고 거북스러웠다. 30분쯤 예의를 차리고는 겨우 계산대 쪽으로 이동하는 데 성공했다. 적어도 열흘 동안은 집 밖으로 나오고 싶지 않았는데, 아비의 초대를 거절할 적당한 이유를 찾을 수 없었다. 다행히 며칠은 미룰 수 있었다. 마음의 준비를 할 시간이 필요했으니까.

아비 집 분위기는 따뜻하고 편안했다. 나는 손에 뜨거운 찻잔을 들고, 벽난로 앞에 있는 안락의자에 몸을 기대고 앉았다.

잭은 흰 수염이 돋보이는 거구의 노인이었다. 끊임없이 재잘거리는 아내와는 달리 꽤 과묵한 편이었다. 나를 보고 잠깐 당황하는 표정을 짓더니 기네스 한 잔을 들이켰다. 오후 네 시에 맥주라! '흑맥주에 양고기를 뜯는 럭비선수들.' 펠릭스가 말한 맥주 자리에 '흑맥주'로 대치해 보았다. 흑맥주! 콜랭이 제일 좋아하던 맥주였다.

다행히 대화는 그럭저럭 이어갈 수 있었다. 그 집 강아지인 피피PP, Postman Pat 얘기가 대화에 활기를 주었다. 그 녀석은 내가 도착하자마자 반갑다는 듯 뛰어들더니 내 발 아래에서 꼼짝하지 않았다. 그 다음 주제는 날씨로 옮겨 갔다. 화창한 날보다는 비바람 부는 얘기가 더 많았지만. 나는 오두막 별장이 편안하고 안락하다고 말했다. 그쯤 지나자 얘기를 이어가는 게 조금씩 힘들어지기 시작했다.

"두 분 모두 여기가 고향이에요?" 결국 개인적인 질문을 던질 수밖에 없었다.

"네. 그런데 은퇴할 때까진 더블린에서 살았죠."

잭이 대답했다.

"무슨 일을 하셨는데요?"

"저이는 의사였어요." 아비가 끼어들었다. "그건 그렇고, 어떻게 여기에 오게 되었는지 얘기 좀 해보세요. 그게 더 흥미로울 것 같은데. 왜 이런 외진 곳에 와서 은둔하며 지내는지 궁금해요."

'은둔……'. 답은 그녀의 질문 안에 들어 있었다.

"이곳을 둘러보고 싶어서요."

"혼자서요? 당신처럼 젊고 예쁜 여자 분이 어떻게 혼자 오셨는지?"

"당신도 참, 거 가만히 좀 내버려 두구려." 옆에 있던 잭이 핀잔을 주었다.

"말씀 드리자면 좀 길어요. 나중에 기회가 되면……. 이만 가봐야겠어요."

나는 자리에서 일어나 웃옷과 가방을 챙기고는 현관문 쪽으로 걸어갔다. 아비와 잭이 뒤따라 왔다. 좀 전의 내 대답이 분위기를 썰렁하게 만든 것 같아 미안했다. 피피가 발에 걸려 넘어질 뻔했다. 녀석은 문이 열리자마자 밖으로 뛰쳐나갔다.

"저렇게 큰 개를 키우려면 일이 많겠어요!" 내가 말했다. 그러면서 내 머릿속엔 어느새 클라라가 떠올랐다.

"아, 네. 우리 개가 아니니 다행이죠."

"누구 개인데요?"

"에드워드라고 조카 개인데, 집을 비울 때만 우리가 돌봐주고 있어요."

"디안느 씨 옆집 별장 있잖아요." 아비가 덧붙였다.

아무 인기척이 없어 빈 집인 줄 알았는데 순간 실망하지 않을 수 없었다. 주인집 사람들과의 만남만으로도 벌써 번거로워지기 시작했고, 이웃 같은 건 정말 필요 없는데.

주인집 내외가 차를 세워 둔 곳까지 따라 나오는데, 피피가 마구 짖어 대며 날뛰기 시작했다. 집 앞에는 바퀴에 진흙이 잔뜩 묻은 검은색 지프 한 대가 세워져 있었다.

“호랑이도 제 말하면 온다더니.” 잭이 놀란 듯 말했다.

“디안느 씨, 잠깐만 기다려 봐요. 소개해 줄게요.”

아비가 내 팔을 붙들었다.

좀 전에 말한 조카가 차에서 내렸다. 첫눈에 친절한 남자가 아니라는 걸 짐작할 수 있었다. 화가 난 듯 굳은 얼굴에, 왠지 사람을 무시하는 표정이 어려 있었다. 잭과 아비가 팔짱을 낀 채 차 문에 기대 서 있는 그에게 가까이 갔다. 자세히 바라볼수록 상대하기 까다로운 남자라는 느낌을 떨쳐 버릴 수 없었다. 얼굴에 웃음기라고는 조금도 찾아볼 수 없었다. 잘난 척하는 것 같기도 하고, 털털한 방랑객처럼 보이려고 욕실에서 몇 시간이고 표정 연습을 하는 남자 같기도 하고. 만일 그런 거라면 나무랄 데 없이 완벽한 연기자겠지만.

“에드워드, 마침 잘 왔다.” 아비가 말했다.

“네? 무슨 일인데요?”

“진작 디안느를 만났어야 했는데.”

그때서야 그가 내 쪽으로 고개를 돌렸다. 선글라스—안개가 짙게 낀 날씨라 별 소용도 없을 텐데—를 벗고는 나를 머리에서 발 끝까지 살피는 것이었다. 순간 내 자신이 정육점 진열대에 놓인 시뻘건 고깃덩어리가 된 기분이었다. 보아 하니 내가 별로 맘에 들지 않는 것 같았다.

"뭐, 그럴 필요까지. 근데 누구시죠?" 목소리가 냉랭했다.

나는 애써 예의를 갖추려고 하면서 가까이 갔다.

"제 이웃분이시라고 들었어요."

순간 그의 얼굴이 일그러졌다. 몸을 곧추세우더니 내 존재 따윈 별 상관없다는 듯 주인 부부를 향해 돌아섰다.

"옆집에 아무도 들이지 말고, 비워 두라고 했잖아요. 얼마나 머무르겠대요?"

나는 문을 두드리듯 그의 등을 톡톡 쳤다. 그의 몸이 뻣뻣하게 굳어지는 게 느껴졌다. 그가 휙 하고 돌아다보았지만 나 역시 물러서지 않고 꼿꼿하게 서 있었다.

"저기요. 제게 직접 말하셔도 되거든요."

감히 자기에게 말을 건 게 못마땅하다는 듯 그가 눈썹을 찡그렸다.

"어쨌든 제 집 벨을 누르는 일은 없었으면 좋겠네요." 피가 얼어붙을 정도로 차가운 얼굴로 그가 말했다.

그는 여전히 무례하게 휙 돌아서더니 휘파람으로 개를 불러

세우고는 정원 한쪽으로 사라졌다.

"신경 쓰지 말아요." 잭이 말했다.

"저 애는 우리가 별장을 빌려 주지 않았으면 했거든요. 그거야 자기 생각이고. 그냥 기분이 좋지 않아서 그러는 거예요." 아비가 애써 변명했다.

"그게 아니라, 한 마디로 경우가 없네요. 그럼 이만 나중에 뵈어요." 내가 중얼거렸다.

그 남자 차가 내 차를 가로막고 있는 바람에 옴짝달싹 할 수 없었다. 아비와 잭은 내가 마구 클랙슨을 눌러 대는 걸 보고는 한바탕 웃으며 집 안으로 들어갔다.

백미러로 그가 담배를 길게 뿜으며 터벅터벅 걸어오고 있는 게 보였다. 유유자적한 모습을 보니 더더욱 화가 치밀어 올랐다. 나는 손바닥으로 운전대를 세게 두드렸다. 그는 내 쪽은 쳐다보지도 않고 엄지손가락으로 담배꽁초를 튕겨 내 차 앞 유리에 떨어지게 했다. 이윽고 시동을 걸고는 타이어에서 끽 하는 소리가 날 정도로 거칠게 내달리며 내 차 쪽으로 흙탕물을 튕겼다. 와이퍼를 작동하기도 전에, 그는 이미 시야에서 사라지고 없었다. 못된 놈 같으니라고!

집 밖으로 나와 바람을 쐴 때마다 비에 쫄딱 젖지 않을 방법을 강구해야 했다. 오늘도 어김없이 당했다. 그러면서 다짐했다. 첫째, 아무짝에도 소용없는 우산은 포기하기로 한다. 나흘 동안 우산이 네 개나 부러졌으니. 둘째, 해가 난다고 무턱대고 나가지 않는다. 언제 그랬냐 싶게 해가 자취를 감춰 버릴 테니. 셋째, 아니 마지막으로 차라리 비가 올 때 외출할 준비를 한다. 장화를 챙겨 신고, 스웨터 세 벌에 외투, 목도리까지 껴입고 나면 소나기는 이미 그쳐 있곤 했으니. 그래야 그나마 비 맞을 확률을 줄일 수 있을 것이다. 밖에 나가고 싶은 마음이 들면 시도해 보기로 했다.

신기하게도 내 생각이 제대로 먹히기 시작했다. 처음으로 모래사장에 앉아 바다를 바라볼 수 있었다. 운 좋게도 바다를 관망하기에 더없이 환상적인 곳을 찾아냈다. 이 세상에 나 혼자밖에 없는 것 같았다. 두 눈을 감고 있으니 사납게 일렁이는 파도 소리마저 감미로운 자장가처럼 들렸다. 그러다 갑자기 차가운 바닷바람이 얼굴을 내리쳐 눈물이 핑 돌았다. 바다 내음이 가득한 공기 때문에 가슴이 터질 듯 부풀어 올랐다.

그러면서 동시에 상체가 뒤로 벌렁 넘어지는 것이었다. 눈을 뜨니 피피가 내 얼굴을 핥고 있어 꼼짝 할 수 없었다. 주인의 휘파람 소리에 개가 내게서 떨어졌을 때야 겨우 나는 옷에 묻은 모래를 털며 일어나 앉았다.

고개를 들어 보니, 에드워드가 조금 떨어진 곳에서 걷고 있었다. 나를 못 알아봤을 리 없는데, 잠시 멈춰 서지도 않았다. 어찌됐든 자기 개가 사람에게 달려들었으면 적어도 미안하다는 말은 건네야 하는 게 아닌가. 그와 단단히 한 판 붙어 볼 생각에 나는 되돌아 걸어갔다. 별장으로 이어지는 오솔길에서, 마을 쪽으로 달아나는 그의 지프가 보였다. 그대로 놓아 줄 순 없었다.

나는 차에 올라타고는 힘껏 액셀러레이터를 밟았다. 버릇없이 군 걸 짚어 줘야 했다. 내 짐작대로 바 앞에 그의 지프가 주차해 있었다. 차바퀴는 진흙 투성이였다. 나는 급브레이크를 밟고 차에서 뛰어내려 미친 여자처럼 바 안으로 뛰어 들어갔다. 안을 휙 돌아보다 목표물을 찾아냈다. 사람들의 시선이 한꺼번에 내게 몰리는 게 느껴졌다. 딱 한 사람만 제외하고.

에드워드는 긴 바 테이블 한쪽에 자리를 잡고 앉아, 한 손에는 기네스 맥주잔을 든 채 신문을 들여다보고 있었다. 나는 그에게 곧바로 달려갔다.

"당신 도대체 왜 그러는 거예요?"

아무 반응이 없었다.

"사람이 얘기를 하면 좀 쳐다보시죠?"

그는 신문을 넘길 뿐이었다.

"부모님한테 예의라는 걸 전혀 배우지 못했나 봐요? 당장 사과하세요. 어떻게 그렇게 무례하게 굴 수 있죠."

내 얼굴이 발끈 달아올랐다. 화를 참을 수가 없었다. 그런데 정작 그는 여전히 신문 쪼가리에 고개를 처박고 있는 것이었다.

"정말 가관이군요!" 나는 손으로 신문지를 잡아 빼면서 소리를 질렀다.

그는 맥주 한 모금을 마신 다음, 길게 한숨을 내쉬고는 테이블에 잔을 내려놓았다. 그는 붉은 혈관이 그대로 드러날 정도로 주먹을 불끈 쥔 채, 자리에서 벌떡 일어나 나를 뚫어져라 바라보았다. 나는 속으로 내가 좀 지나쳤나 싶었다. 그는 탁자 위에 나뒹구는 담뱃갑을 움켜쥐고는 담배 피는 사람들이 모여 있는 곳으로 자리를 옮겼다. 홀을 가로질러 가면서 무표정하게 그저 몇몇 사람들과 악수를 나눌 뿐이었다.

테라스 문이 쾅 하고 닫히자 겨우 참고 있던 숨을 내쉬었다. 바 안엔 돌연 정적이 흘렀다. 이 장면을 목격하지 않은 사람은 아무도 없었다. 나는 바로 옆에 있는 등받이 없는 둥근 바 의자에 털썩 주저앉았다. 무례하기 짝이 없는 그 자를 혼내 줘야 할 텐데. 바 주인이 어깨를 들썩하고는 내게 살짝 윙크를 보냈다.

"에스프레소 한 잔 주세요."

"없는데요"

"커피 없어요?"

"커피야 있죠."

나는 목소리를 잘 가다듬어 다시 부탁했다.

"그럼, 여기 있는 아무 커피나 한 잔 주세요."

바 주인은 빙그레 웃으며 바 테이블 뒤 한쪽 구석으로 갔다. 잠시 후 필터로 내린 흐릿한 커피가 가득 담긴 머그잔을 내 앞에 내려놓았다. 이런 곳에서 진한 에스프레소를 기대한 내가 어리석지. 그런데 바 주인은 왜 내 앞에 버티고 서 있는 거지.

"커피 마시는 모습을 보고 싶으세요?"

"커피 값 받으려고요."

"걱정 마세요. 나가기 전엔 드릴 테니."

"여기서는 선불입니다."

"오케이, 오케이."

지폐 한 장을 내밀자 그가 웃는 얼굴로 거스름돈을 내주었다. 나는 입천장이 데이는 것도 아랑곳하지 않고 커피를 한 입에 털어 넣고는 바를 빠져나왔다. 이상한 나라였다. 다른 사람들은 한결같이 친절하고 다정한데, 에드워드라는 그 난폭한 시골뜨기만 예외였다. 하긴 커피를 마시기도 전에 계산하는 건 맘에 들지 않지만. 여기가 파리였다면 친절한 바텐더는 이유도 모른 채 쫓겨났겠지. 물론 파리였다면 바텐더가 결코 저렇게 친절하진 않았겠지만. 말 한 마디 건네지 않았을 테고. 게다가 미소 따원 꿈도 꿀 수 없는 일.

나는 예전의 습관을 하나씩 되찾기 시작했다. 더 이상 옷을 찾아 입지 않았고, 음식도 손에 집히는 대로 먹었다. 잠도 아무 때나, 심지어 한낮에도 잤다. 잠이 오지 않을 때면 두툼한 시트를 몸에 둘둘 감고 침대에 누워 창밖의 하늘과 구름을 넋 놓고 쳐다보았다. 그러다 TV 앞에 앉아 무슨 내용인지도 모르면서 화면을 멍하니 바라보았다. 아일랜드 어로 나올 때면 무성영화를 보고 있는 느낌이 들었다. 콜랭과 클라라의 사진들을 들여다보며 끊임없이 말을 걸었다. 파리에 있을 때처럼 그렇게 하루하루를 견뎠다. 펠릭스가 가까이 없다는 것만 달랐다. 아무것도 위로가 되지 않았다. 여전히 무거운 돌덩이가 가슴을 짓눌렀고, 사람들에게서 멀리 떨어져 있어도 조금도 자유롭지 못했다. 원하는 게 하나도 없었다. 눈물조차 흐르지 않았다. 그냥 시간만 흘러갔다. 그럴수록 하루하루가 더 권태롭고 길게만 느껴졌다.

오늘 아침은 침대에 누워 있지 않고 바다로 난 베란다 창 앞에 있는 큼직한 안락의자에 앉아 시간을 보내기로 했다. 며칠 동안 하늘만 바라보았으니 이제 바다를 마주할 차례였다. 커피하고 담배도 넉넉히 준비하고, 온몸을 숄로 감싸고는 머리에 쿠

션을 받치고 앉았다.

개 짖는 소리에 정신이 번쩍 들었다. 에드워드와 그의 개가 어디선가 불쑥 튀어나왔다. 바에서 부딪친 뒤 처음 얼굴을 마주하는 것이었다. 그는 어깨에 큰 가방을 둘러매고 있었다. 나는 창가로 안락의자를 바싹 끌어당겨 그를 지켜보았다. 그는 해변 쪽으로 걸어가고 있었는데, 갈색 머리칼이 지난번보다 바람에 더 휘날렸다.

그가 바위 뒤로 돌아가는 바람에 내 시야에서 사라졌다. 30분쯤 지났을 때 다시 나타났는데, 배낭을 바닥에 내려놓고 뒤적이기 시작했다. 그가 뭘 하는지 알려면 망원경이 필요했다. 웅크리고 앉아 있어 그의 등밖에 보이지 않았다. 그는 꽤 오랫동안 같은 자세로 앉아 있었다.

배에서 꼬르륵 소리가 났다. 그제야 어젯밤부터 아무것도 입에 대지 않은 걸 깨닫고는 부엌으로 갔다. 한 손에 샌드위치를 들고 거실로 돌아왔을 때 이미 그는 자리를 뜨고 없었다. 나의 유일한 하루 일과가 막 끝난 셈이었다. 안락의자에 몸을 웅크리고 앉아 아무 맛도 없는 샌드위치를 한 입 베어 물었다.

그러고도 몇 시간 동안 꼼짝 하지 않았다. 옆집의 전등불이 꺼지는 걸 보고서야 감각이 되살아났다. 그가 밖으로 나오더니 아침에 갔던 바닷가로 달려가는 것이었다. 나는 어깨에 숄을 걸

치고 테라스로 나가 자세히 살폈다. 그의 손에 뭔가 들려져 있는 게 보였다. 얼굴에 가까이 가져다 대는 걸 보니 사진기였다.

그는 그 자세로 한 시간이 넘도록 꼼짝하지 않았다. 그러더니 꽤 늦은 시간에야 해변을 거슬러 집으로 돌아오는 것이었다. 그가 혹시 나를 알아볼까 봐 재빨리 상체를 숙였다. 그렇게 주변이 잠잠해지길 기다렸다가 집 안으로 들어왔다.

이웃집 남자는 사진작가였다. 내 하루 일과에 그의 일상이 들어온 지 오늘로 8일째다. 그는 여러 시간대에 나갔는데, 손에는 늘 사진기가 들려 있었다. 그는 뮈라니 만灣을 샅샅이 탐색하며 돌아다녔다. 한 곳에 자리잡고는 몇 시간이고 움직이지 않을 때도 많았다. 비가 내리치고 바람이 불어도 꿈쩍하지 않았다.

시간을 들여 관찰해 본 결과 그에 대해 많은 걸 알게 되었다. 우선 그는 나보다 지독한 골초다. 입에는 언제나 담배가 물려 있다. 그러고 보니 처음 만났을 때도 담배를 피우고 있었다. 그리고 늘 흐트러진 옷차림이다. 누구와도 말을 나누는 법이 없고, 그를 찾아오는 사람도 없다. 내 쪽으로 고개를 돌리는 적도 물론 없다. 결론부터 말하자면 한 마디로 철저한 자기 중심자라고 할까. 사진 외에는 그 어느 것에도 관심을 두지 않았다. 언제나 변함없는 파도, 변함없는 모래 외에는. 그가 어디에서 뭘 하고 있을지를 예상하는 건 어렵지 않았다. 오래 찾아볼 필요도 없었다. 이 바위에서 저 바위로 옮겨 다닐 뿐이었다.

언제부턴가 굳이 창문 쪽을 바라보지 않아도 그가 어디쯤 있는지 짐작할 수 있게 되었다. 그런데 하루는 시간이 지나도 그를 그림자처럼 따라다니는 개 짖는 소리가 들리지 않는 것이었다. 그제야 그의 차가 보이지 않는 걸 확인하고는 깜짝 놀랐다. 그때 왜 펠릭스 생각이 났는지 모르겠다. 한 달 반 전, 파리를 떠나온 이후 전화 한 번 하지 않았다는 걸 깨달았다. 휴대전화를 들고 주소록에서 그의 번호를 찾았다.

"펠릭스, 나, 디안느."

"누구시죠? 그런 사람 모르는데요."

그가 딸깍 하고 전화를 끊었다. 나는 다시 전화를 걸었다.

"펠릭스, 끊지 마."

"지금에서야 나란 존재가 있다는 걸 기억해 낸 거야?"

"내가 형편없다는 거 잘 알아. 나도 안다고, 미안해."

"언제 돌아올 건데?"

"안 돌아갈 거야. 아일랜드에 있을 거야"

"새로운 삶을 찾아 행복한 거야?"

나는 주인집 분들이 아주 친절하고, 가끔 저녁도 함께 한다고, 마을 사람들도 다들 친구처럼 대해 주고, 시간 나면 바에 가서 술도 마신다고 했다. 그때 시동 켜는 소리가 들려 멈칫했다.

"디안느, 왜 그래? 무슨 일인데?"

"아니야. 잠깐만."

"누가 왔어?"

"아니, 옆집 사람이 돌아왔나 봐."

"이웃도 있어?"

"응. 없으면 좋겠지만!"

그리고는 에드워드 얘기를 하기 시작했다.

"디안느, 숨 좀 돌리지 그래?"

"미안. 근데 저 못된 남자 때문에 얼마나 화가 나는지 몰라. 그건 그렇고. 넌 어떻게 지내?"

"지금은 뭐, 조용한 편이야. 카페는 저녁 식사 조금 전, 아페리티프 시간에나 문을 여는데, 괜찮아. 돈도 조금 들어오고, 지난번엔 문학계의 괴짜 난봉꾼들이란 주제로 파티도 열었다니까."

"과장이 좀 심한데."

"장담하건대, 누군가 나에 관한 책을 쓰면 문학상을 타고도 남을걸. 네가 떠난 뒤 여유 시간도 많고, 그야말로 호시절을 보내고 있지. 밤마다 정열적인 파티가 벌어지고, 순진한 네 귀로는 감당하기 어려울걸."

전화를 끊으면서 세 가지 사실을 깨달았다. 펠릭스는 하나도 달라지지 않을 거라는 거, 그가 몹시 보고 싶다는 거, 그리고 이웃 남자는 내 관심을 받을 자격이 없다는 거. 매몰차게 커튼을 쳤다.

책을 붙들고 다시 기운을 내보려 했지만 오후 내내 마음이 편치 않았다. 아날두르 인드리다손(역주: Arnaldur Indridason, 북유럽의 대표적인 추리소설 『목소리』, 『무덤의 침묵』 등이 있다.)의 음산한 범죄소설 때문인지, 아니면 등 뒤로 스멀스멀 기어올라 오는 찬 기운 때문인지 알 수가 없었다. 별장 안은 그 어느 때보다 고요했다. 자리에서 일어나 얼음장처럼 차가운 두 손으로 두 팔을 부비며 베란다 유리창 밖으로 펼쳐진 바다를 바라보며 서 있었다. 검은 구름이 하늘을 잔뜩 가린 궂은 날씨였다. 오늘은 어둠이 더 빨리 내려앉을 것 같았다. 벽난로에 불을 지필 줄 알면 좋겠다고 혼잣말로 중얼거리며 히터에 손을 얹는데, 냉기가 확 올라오는 것이었다. 히터가 고장난 걸까. 서둘러 불을 켜 보았다. 첫 번째 표시등에 불이 들어오지 않아, 다른 스위치도 눌러 보았지만 아무 반응이 없었다. 정신없이 스위치마다 다 눌러 보았지만 소용이 없었다. 아예 전기가 나간 것이었다. 어둠 속에 나 혼자 밖에 없었다.

어떠한 대가를 치를지라도 옆집 문을 두드려 도움을 청하기로 했다. 손바닥이 얼얼할 정도로 나무로 된 현관문을 내리치며 창문을 기웃거렸다. 그렇게 1분만 더 혼자 있으면 미칠 것만 같았다. 그때 등 뒤에서 기척이 느껴졌다.

"지금 뭘 하고 계신 건지 물어봐도 될까요?"

뒤를 휙 돌아다보니 커다란 덩치의 옆집 남자가 날 뚫어지게 내려다보고 있는 것이었다. 갑자기 겁이 덜컥 났다. 한쪽으로 그를 비켜서며 얼버무렸다.

"저, 제가 실수를……제가……."

"무슨 말이죠?"

"여기 오지 말았어야 했는데……. 귀찮게 하지 않을게요."

그를 계속 쳐다보며 뒤로 물러서다 신발 굽이 돌에 부딪쳐 진흙탕에 그대로 넘어졌다. 그는 잔뜩 얼굴을 찌푸리며 내게 손을 불쑥 내밀었다.

"손대지 마세요."

그는 어이없다는 듯 눈썹을 치켜올렸다.

"이거 완전 정신 나간 프랑스 여자군."

나는 네 발로 기다시피 해서 겨우 일어섰다. 비아냥거리는 그의 웃음소리가 귓가에 윙윙거렸다. 정신없이 집 안으로 뛰어들어가 문을 단단히 걸어 잠갔다.

스웨터를 입은 채 두툼한 솜이불을 뒤집어 썼는데도 온몸이 덜덜 떨렸다. 한 손으로 반지를 꽉 움켜쥐었다. 칠흑 같은 밤이었다. 어깨를 들썩이며 흐느끼는 바람에 숨쉬기조차 힘들었다. 몸을 둥글게 오그린 채 한참을 있었더니 온몸의 근육이 아프지 않은 곳이 없었다. 신음소리를 내지 않으려고 입으로 베개를 꽉 물었다.

그러다 깜박 잠이 든 것 같은데 그 사이 전기가 다시 들어오는 기적은 일어나지 않았다. 이런 끔찍한 상황에서 내가 도움을 청할 수 있는 사람은 하나밖에 없었다.

"이 야밤에 웬 전화야? 이 시간엔 잠자는 사람도 있다는 것쯤은 알아 주시지."

펠릭스가 졸린 목소리로 투덜거렸다.

"미안해. 어쩔 수 없었어." 나는 결국 참았던 울음을 터트리고 말았다.

"무슨 일이야?"

"너무 추워. 캄캄하고."

"뭐라고?"

"전기가 나갔어."

"널 도와줄 사람이 하나도 없어?"

"옆집에 가 봤는데…… 도와달라고 부탁할 수가 없었어."

"왜?"

"진짜 킬러인지도 몰라."

"너, 양털 담배 피웠어?"

"전기가 안 들어온다니까. 날 좀 도와줘."

"퓨즈는 살펴봤어?"

"아니."

"지금 가서 봐."

나는 전화기를 귀에 댄 채 펠릭스가 하라는 대로, 누전 차단기 단추를 힘껏 올렸다. 그러자 기적처럼 집 안의 모든 불이 동시에 들어오면서 온갖 기계들이 작동하기 시작했다.

"어떻게 됐어?" 펠릭스가 물었다.

"이제 됐어. 고마워."

"다른 문제는 없는 거지?"

"응. 이제 가서 자. 미안해."

그의 대답은 듣지도 않고 나는 바로 전화를 끊고는 그대로 바닥에 무너지듯 쓰러졌다. 혼자서는 사소한 일 하나 해결하지 못한다는 부모님 말씀이 맞는지도 모르겠다. 무능하기 짝이 없는 내 자신이 너무 미웠다.

4

LE CONSULAT
RESTAURANT LE CONSULAT
CAFE
AMBASSADE DE
AUBERGE DE LA BONNE FRANQUETTE

고막이 찢어질 정도로 오디오 볼륨을 최대로 올리고 음악을 듣는다는 게 어떤 건지 한동안 까맣게 잊고 지냈다. 하고 싶은 게 있으면 곧바로 실행에 옮기는 나였는데, 오디오를 틀기 전, 그 주위를 빙빙 돌며 망설였다.

정전 사고 이후 나의 일상이 완전히 달라졌다. 예전보다 더 자주 집 밖으로 나갔고, 스스로 강해지려고 노력했다. 한 시간이 넘도록 바닷가를 산책할 때도 있었다. 하루 종일 집 안에 틀어박혀 좀비처럼 서성이지 않으려고 했다. 더 이상 편집광적인 몽상에 빠지지 않고, 어떻게든 살아 있는 자들의 세상에 속해 보려고 했다. 그러던 어느 날 아침, 눈을 떴는데 마음이 한결 가벼워져 있는 걸 깨닫고는 스스로 놀랐다. 음악이 듣고 싶어졌다. 음악에 취하니 나도 모르게 눈가에 눈물이 맺혔다. 그렇다고 평화로운 기운이 오래 가진 않았다.

다음 날도 음악을 틀었다. 리듬에 맞춰 몸을 흔들자 조금씩 내 안에 잠들어 있던 감각들이 꿈틀거리며 되살아나기 시작했다. 그렇게 거실에서 미친 여자처럼 몸을 마구 흔들어 댔다. 뭐라니 라서 좋은 게 하나 있다면 옆집에 방해될까 걱정되어 헤드폰을 낄 필요가 없다는 사실이다. 나는 기꺼이 내 몸이 이끄는 대로 내버려 두었다. 베이스 음정이 쿵쿵거리며 낮게 울려 퍼졌다.

'개처럼 살던 시절은 끝났어. 개처럼 살던 시절은 이제 끝났어. 말이 달려오는 소리가 들려? 왜냐 하면 그들이 여기로 오고 있으니까.(역주: 플로렌스 앤 더 머신The Florence+the Machine의 노래. 영국 2000년대 초반 인디밴드로 활동하다 2009년 첫 스튜디오 녹음 앨범 발표 후 5주 가량 UK 앨범 차트의 순위권에 들었다.)'

나는 플로렌스 앤 더 머신 그룹과 무대 위에 함께 올라 있었다. 내게는 너무도 익숙한 노래였다. 코드나 화음 그 어떤 것도 내 그물망에서 벗어나는 게 없을 정도였다. 굵은 땀방울이 등줄기를 타고 흘러내릴 때까지 온몸을 흔들었다. 뒤로 질끈 동여맨 꽁지머리가 사방으로 출렁거렸다. 두 뺨은 벌겋게 달아올랐다. 그때 갑자기 귀에 거슬리는 소리가 들렸다. 쿵쾅거리는 타악기 소리가 전체 리듬과 박자에서 벗어나 있었다. 볼륨을 낮추었는데도 소용이 없었다. 리모컨을 손에 쥔 채 현관문 쪽으로 갔다.

문이 마구 흔들리는 것이었다. 셋까지 세고는 문을 활짝 열었다.

"아, 에드워드 씨군요, 안녕하세요. 무슨 일이죠?" 나는 한껏 친절한 미소를 지어 보이며 물었다.

"그 거지 같은 음악 볼륨 좀 낮춰 주셨으면 해서요"

"아, 영국 로큰롤을 별로 좋아하시지 않나 봐요? 같은 나라 사람들 아닌가요?"

그는 주먹으로 벽을 사정없이 내리쳤다.

"내가 왜 영국 사람이죠!"

"아, 하긴. 당신한테는 침착한 구석이라곤 전혀 없긴 해요."

나는 이를 활짝 드러내며 연신 미소를 날렸다. 그는 주먹을 불끈 쥐었다 풀었다 하더니 이내 눈을 질끈 감고는 깊이 한숨을 들이마셨다.

"혹시 저한테 관심 있으세요?" 그가 쉰 목소리로 물었다.

"전혀 아닌데요. 제가 찾는 거랑은 완전 반대라서."

"말조심해요."

"아, 겁이 나네요."

그는 입을 꾹 다물고는 손가락으로 나를 정조준했다.

"한 가지만 부탁하죠. 소리 좀 줄여 주세요. 암실이 흔들릴 정도예요. 방해가 됩니다."

나는 한바탕 크게 웃었다.

"당신, 진짜 사진작가예요?"

"그게 당신하고 무슨 상관이죠?"

"오, 전혀 없죠. 그냥 작가답지 않아서요."

내가 남자였다면 건방지기 짝이 없는 나 같은 여자한테 한 방 날렸을 텐데 그는 가만히 있고, 오히려 내가 한 발 더 나갔다.

"사진은 하나의 예술이에요. 적어도 최소한의 감성을 필요로 하지요. 그런데 당신은 그런 게 없잖아요. 결론은 당신한테 사진작가라는 직업이 맞지 않는다는 거죠. 저기요, 어쨌든 대화를 나눌 수 있어서 즐거웠습니다. 아니, 조금 전 한 말은 농담이니 신경 쓰진 마세요. 그만 들어가 볼게요. 죄송해요. 할 일이 있어서."

나는 그에게 도전장을 내밀듯 쏘아 보고는 오디오 있는 쪽으로 리모컨을 겨냥하고 볼륨을 최대한 높였다.

플로렌스 앤 더 머신.

"행복은 머리에 총알을 쏘아 대듯 그녀를 치는 거다.

무언가를 잘 아는 누구에게 붙어 있듯이.

개의 시대는 끝났어. 개의 시대는 이제 끝났어."

나는 그야말로 울부짖었다. 그의 눈앞에서 온몸을 미친 듯이 흔들어 대고는 문을 쾅 하고 닫아 버렸다.

나는 춤을 추며 목이 터져라 노래를 따라 불렀다. 그에게 한 방 먹인 것 같아 너무 신이 났다. 어이없어 하는 그의 얼굴을 보니 황홀하기까지 했다. 그러다 기쁨을 연장하고 싶어졌다. 끝장을 내기로 했다. 그의 하루를 온전히 망쳐 놓고 싶었다. 바에 가면 화를 삭이려고 혼자서 술을 홀짝이고 있을 그를 만날 게 분명했다.

지난번과는 달리 나는 한껏 예의를 갖추고 바 안으로 들어갔다. 여유만만한 미소까지 지으며 마주치는 손님들에게 가벼운 손 인사도 건넸다. 레드 와인을 주문하고 곧바로 선불로 지불했다. 내 짐작대로 에드워드는 바에 와 있었다. 그와 충분한 거리를 두고 테이블 끝쪽에 자리를 잡고 앉았다.

그는 잔뜩 찌푸린 얼굴을 하고 있었다. 나의 등장으로 신경이 거슬린 게 분명했다. 그는 입을 꾹 다문 채 라이터를 만지작거리다 맥주잔을 벌컥 들이켜더니 고개만 까딱해서 한 잔을 더 주문했다. 나는 정면으로 쏘아 보는 그를 향해 와인 잔을 들어 올려 건배를 하고는 한 모금 마셨다. 세상에, 이걸 포도주라고 내놓다니! 그대로 뱉어 내고 싶은 걸 겨우 참았다. 도저히 목 뒤로 넘길 수 없었다. 차라리 플라스틱 병에 담긴 막포도주(역주: 피케트. 포도 찌꺼기에 물을 타서 만든 음료, 시큼한 포도주)가 낫지. 아일랜드 시골구석에서 최고급 와인을 맛볼 거라고 기대했나? 당치 않는 기대였다. 그것도 기네스나 위스키의 나라에서? 에드워드에게 여전히 도전적인 눈길을 던지며 속으로 형편없는 포도주 맛을 탓했다.

둘 사이에 30여 분 팽팽한 긴장감이 감도는 듯하더니 그가 자리에서 벌떡 일어나 나가는 것이었다. 이번 싸움은 내가 승자였다. 어쨌든 오늘은 전투 하나를 승리로 장식했으니 의미 있는 뭔가 하나는 해낸 셈이었다.

잠시 시간이 지나길 기다렸다가 나도 밖으로 나왔다. 어느새 밖은 어두워져 있었다. 외투 깃을 추켜 세웠다. 시월 말로 접어들면서 겨울 분위기가 성큼 느껴졌다.

"그럴 줄 알았어요." 걸걸한 목소리로 그가 말했다.

그는 내가 나오길 기다리고 있었던 것이다. 그는 걱정스러울 만큼 차분해 보였다.

"집에 가신 줄 알았어요. 오늘은 인화할 사진이 없나 봐요?"

"오늘 댁 때문에 필름 한 통을 망가트렸으니 그 얘긴 꺼내지도 마시죠."

그는 내게 대꾸할 시간도 주지 않고 계속해서 쏘아붙였다.

"당신에 대해서 전혀 모르긴 하지만 하루 종일 아무것도 하지 않는다는 것쯤은 잘 알겠고, 근데 댁을 기다리는 가족이나 친구도 없나 봐요?"

순간 두려움에 머릿속이 하얗게 비었다. 그가 주도권을 쥐기 시작한 것이다.

"당연히 없겠지. 누가 당신 같은 사람을 원하겠어? 매력이라곤 찾아볼 수도 없고, 어쨌든 애인이야 있겠지만 아마 당신하고 있으면 지루해 죽을 지경일걸."

나도 모르게 손이 용수철처럼 튕겨 나갔다. 얼마나 그를 세게 내리쳤는지 그의 얼굴이 한쪽으로 획 돌아갈 정도였다. 그는 뺨을 어루만지면서 입가에 슬그머니 미소를 지어 보였다.

"내가 너무 예민한 부분을 건드렸나?"

내 호흡이 점점 가빠지더니 눈물이 왈칵 쏟아졌다.

"아, 알겠어요. 그가 당신을 보지 않겠다고 했군. 당연하죠. 아주 현명한 선택을 한 거죠."

"자리 좀 비켜 주세요. 지나가게."

내 차 앞을 가로막고 있는 그에게 싸늘하게 쏘아붙였다.

그는 내 눈을 똑바로 쳐다보며 내 팔을 붙들었다.

"다시는 이런 짓 할 생각일랑 말아요. 당장 비행기 표 사서 돌아가고."

그는 매몰차게 내 팔을 뿌리치고는 어둠 속으로 사라졌다. 나는 손등으로 눈물을 훔쳤다. 온몸이 덜덜 떨리는 바람에 열쇠를 바닥에 떨어트리고 말았다. 에드워드의 차는 먼지를 일으키며 떠나갔다. 그는 흉악범은 아닐지 몰라도 내게는 너무 위험한 존재였다.

나는 거실 바닥에 주저앉아 안으로 비쳐드는 가느다란 햇살을 음미했다. 첫 번째 마신 와인은 그리 훌륭하지 않았다. 꽁초 끝에 남은 불을 새 담배에 옮겨 붙이고는 태우던 꽁초를 짓눌러 껐다. 그러다 결국 전화기를 들었다.

"펠릭스, 나야."

"양 떼들의 나라에서 무슨 일 있는 건 아니지?"

"더 이상 참을 수가 없어. 벼랑까지 왔어."

"무슨 말이야?"

"나 많이 노력했어. 정말이야. 근데 이젠 더 이상 견딜 수가 없어."

"다 지나갈 거야. 잘 될 거야." 그가 부드러운 목소리로 다독였다.

"아니야! 절대 안 그럴 거야. 더 이상 아무것도 없어. 아무것도 없다고."

"요즘 네가 많이 힘들어 할 거라고 생각하고 있었어. 당연하지. 내일이 클라라 생일이니 왜 안 그렇겠어."

"내일 보러 갈 거지?"

"응. 내가 잘 돌봐줄게. 이제 그만 집으로 돌아와."

"잘 자."

나는 발을 질질 끌고 부엌까지 갔다. 와인은 그만 마시기로 했다. 그 대신 럼주에 오렌지 주스를 탔다. 한 손엔 잔을 들고, 다른 손으론 병을 들고 부엌에서 나와 몸을 웅크렸다. 그렇게 새벽까지 술을 마시고, 담배를 피우고, 눈물을 흘렸다.

날이 밝아오자 뱃속이 조금씩 뒤틀리기 시작해 바로 화장실로 달려갔다. 온몸에 경련이 일면서 먹은 걸 다 게워 낼 듯 속이 요동쳤다. 얼마 동안이나 그렇게 화장실 변기를 붙들고 토악질을 한 건지. 옷을 벗을 생각조차 못한 채 샤워기 아래 두 무릎을 끌어당겨 오그려 앉은 채 상체를 앞뒤로 흔들며 크게 소리 내어 울었다. 뜨거운 물이 미지근해지고, 점차 차가워지다 얼음물로 바뀔 때까지.

욕실 바닥에는 젖은 옷가지들이 널브러져 있었다. 마른 옷으로 갈아 입었지만 조금도 위안이 되지 않았다. 콜랭의 스웨터도 소용이 없었다. 순간 숨이 탁 막혔다. 후드티에 달린 모자를 푹 뒤집어쓰고는 밖으로 뛰쳐 나왔다. 다행히 두 다리가 나를 해안가까지 끌고 가 주었다. 모래사장 위에 길게 다리를 뻗고 앉아 으르렁거리며 몰아쳐 오는 성난 파도를 바라보았다. 빗줄기가 후두두둑 쏟아지기 시작하더니 비바람에 날려 온 모래 알갱이들이 사정없이 얼굴을 후려쳤다. 그대로 영원히 깊은 잠에 빠져들고 싶었다. 내가 어느 곳에 있는지는 아무 상관없었다. 콜랭과 클라라의 옆이 내가 있어야 할 자리였다. 그들을 만나러 갈 아름다운 자리를 발견한 셈이었다. 나는 그렇게 꿈과 현실 사이를 오가고 있었다. 의식이 점점 나를 떠나면서 몸이 굳어지기 시작했다. 주위는 점점 캄캄해지고, 나는 천천히 깊은 수렁에 빠져들고 있었다. 이 세상을 떠나려는 나를 폭풍우가 도와주었다.

그때 어디선가 개 짖는 소리가 희미하게 들리더니 어느새 피피가 내 얼굴을 핥으면서 깨우려고 킁킁거리기 시작했다. 잠시 후 휘파람 소리에 개가 내게서 멀어졌다. 그렇게 나의 긴 여행은 끝나 가고 있었다.

"거기서 뭐하고 있는 거예요?"

옆집 남자였다. 목소리만으로도 알 수 있었다. 나는 내 안으로 웅크린 채 힘껏 두 눈을 감았다. 이윽고 두 팔로 머리를 가렸다. 나를 보호해야 했다.

"날 좀 내버려 둬요!" 그에게 소리쳤다.

그의 두 손이 내 몸에 와 닿는 게 느껴지자, 마치 감전이라도 된 듯 두 팔을 휘두르며 발버둥쳤다.

"이거 놔요!"

그의 손을 뿌리치고 혼자 힘으로 일어서려 했지만 워낙 탈진 상태라 그럴 수 없었다. 땅이 발 밑으로 쑤욱 꺼지는 것 같았다.

에드워드가 휘청거리는 나를 두 팔로 꽉 붙들었다.

"입 다물고, 가만히 있지 못해요!"

더는 저항할 수 없었다. 반사적으로 그의 목에 매달렸다. 그가 바람막이가 되어 주었다. 그는 집으로 들어오자마자 나를 번쩍 안아 들고 계단을 올라갔다. 한쪽 어깨로 방문을 밀고는 성큼성큼 걸어 들어가 나를 침대 위에 내려놓았다. 나는 그를 똑바로 쳐다볼 수 없었다. 얼핏 보니 그가 방 한쪽 구석에 우비를 벗어던지고 사라지는 것 같더니 어느새 목에 수건을 두르고 돌아왔다. 다른 한 손에도 수건이 들려져 있었다. 내 앞에 웅크리고 앉아 커다란 손으로 내 이마와 뺨을 닦아 주기 시작했다. 이어 모자를 벗기고는 내 얼굴에 달라붙어 있는 머리카락을 한 올 한 올 떼어 주었다.

"스웨터 벗어요."

"싫어요." 나는 머리를 흔들었다.

"달리 방법이 없어요. 지금 벗지 않으면 고약한 병에 걸릴 거라고요."

"그럴 수 없어요."

몸이 점점 떨리기 시작했다. 그가 내게 고개를 숙이고는 신발과 양말을 벗겼다.

"일어나 봐요."

침대 모퉁이를 한 손으로 딛고 겨우 자리에서 일어설 수 있었다. 그가 콜랭의 스웨터를 벗겨 주는데, 순간 중심을 잃고 휘청거렸다. 곧바로 그가 손으로 내 허리를 붙들어 안았다 놓아 주었다. 이어 청바지 단추를 푼 다음 바지도 천천히 벗겨 주었다. 스웨터를 벗기면서는 살짝 손으로 등을 쓸어 준 것도 같았다. 반사적으로 나는 두 팔로 가슴을 가렸다. 그가 옷장에 가서 뭔가를 뒤적거리더니 셔츠 하나를 들고 와 입혀 주었다. 갑자기 눈물이 쏟아졌다. 그는 셔츠 단추까지 꼼꼼히 채워 주고, 반지는 셔츠 윗주머니에 넣어 주면서 말했다.

"이제 누워요."

내가 자리에 눕자 솜이불을 목 아래까지 덮어 주고, 이마를 덮고 있는 머리카락도 뒤로 쓸어 넘겨 주었다. 잠시 후 그가 내게서 멀어지는 게 느껴졌다. 호흡이 점점 거칠어지면서 또다시 눈물이 왈칵 쏟아졌다. 처음으로 그의 얼굴을 똑바로 바라볼 수 있었다. 그가 한 손으로 얼굴을 쓰다듬어 주고는 밖으로 나갔다. 나는 반지를 셔츠에서 꺼내 손가락에 끼우고는 엄마 자궁 속에 들어앉은 태아처럼 온몸을 웅크렸다. 이어 베개에 머리를 파묻고 그대로 깊은 잠에 빠져 들었다.

깨어나고 싶지 않았다. 하지만 눈썹이 파르르 떨리면서 의식보다 내 감각이 먼저 깨어났다. 왜 침실 벽지가 회색이 아니라 온통 흰빛이지. 스탠드 불을 켜려고 탁자 쪽으로 손을 뻗었는데 아무것도 잡히는 게 없었다. 깜짝 놀라 침대에서 벌떡 일어나 앉았다. 지독한 현기증이 일면서 속이 울렁거렸다. 손가락으로 관자놀이를 꾹꾹 눌렀다. 하루 전의 영상들이 빠르게 스쳐 지나갔다. 반면 밤의 기억들은 하얗게 지워져 있었다.

자리에서 일어나 어정쩡한 걸음으로 방문까지 가서 귀를 바싹 문에 갖다 댔다. 문을 열자 복도에는 정적만이 감돌았다. 에드워드 몰래 도망쳐 버릴까? 까치발로 조심조심 계단 쪽으로 걸어가다 마른 기침소리에 멈칫했다. 에드워드가 내 등 뒤에 버티고 서 있는 것이었다. 나는 숨을 크게 들이쉬고는 얼굴을 들었다. 그의 눈이 내 머리 끝에서 발끝까지 옮겨 가는 걸 보고는 내가 그의 셔츠를 입고 있다는 걸 깨달았다. 얼른 셔츠를 아래로 잡아당겨 다리를 가렸다.

"그쪽 옷은 욕실에 뒀어요. 지금쯤 말랐을 거예요."

"어디요?"

"복도 끝 쪽에서 두 번째 문이요. 그 옆방은 들어가지 마시고."

뭐라고 대꾸할 시간도 주지 않은 채 그는 계단을 성큼성큼 뛰어 내려갔다. 욕실 옆방엔 들어가지 말라는 말이 오히려 호기심을 더 자극했지만 거역하진 않았다. 욕실로 들어가 두리번거리며 내 옷을 찾았다. 남자 혼자 사용하는 욕실인 게 분명했다. 수건은 둘둘 말린 채 한쪽 구석에 쌓여 있었고, 욕실 용품이라고는 샤워 젤에 칫솔 하나, 그리고 먼지가 잔뜩 낀 뿌연 거울 하나가 전부였다. 내 옷은 수건걸이에 걸쳐 있었는데 다행히 바싹 말라 있었다. 그의 셔츠를 벗어 손에 들고는 어찌 해야 할지 몰라 망설이는데 빨래가 잔뜩 있는 바구니가 눈에 들어왔다. 전날 그의 침대에서 잠을 자서 그런지 그의 속옷들을 보는 게 그다지 민망하진 않았다. 마침 옷걸이가 보여 그의 셔츠를 걸었다. 아무 생각 없이 얼굴에 물을 뿌리자 머리가 한결 맑아지면서 잊고 있던 기억들이 하나씩 또렷해지기 시작했다. 스웨터 팔꿈치로 얼굴을 쓰윽 문질러 닦았다. 에드워드와 맞닥뜨릴 준비를 끝낸 셈이었다. 그의 질문에 대답할 수 있을 것 같았다.

거실 입구 쪽에 서서 한 발을 다른 발 위에 걸쳐 놓고 까딱거렸다. 피피가 가볍게 내게 걸어와 다리에 몸을 비벼댔다. 에드워드에게 말을 걸기 전 어색한 분위기를 무마하려고 개의 등을 쓰다듬어 주었다. 에드워드는 내게 등을 보인 채 부엌의 바 테이블 뒤에 서 있었다.

"커피 마실래요?" 그가 불쑥 물었다.

"네." 나는 한발 다가서며 대답했다.

"배고프죠?"

"나중에 먹을게요. 커피 한 잔이면 충분해요"

그가 음식이 가득 담긴 접시를 탁자 위에 올려놓았다. 스크램블 에그였다. 김이 모락모락 나는 걸 보니 입에 침이 잔뜩 고여 들었다.

"여기 앉아서 먹어 봐요."

나는 고민할 것도 없이 그의 말에 따랐다. 배가 고프기도 했지만 한편으론 그의 말투에 협상의 여지가 전혀 없었기 때문이었다. 그는 한 손에 커피 잔을 들고, 담배를 물고 선 채로 나를 유심히 관찰했다. 나는 포크로 한 입 먹자마자 두 눈을 크게 떴다. 친절하지 못한 게 결정적인 흠이었지만 적어도 스크램블 에그 맛은 일류 요리사 솜씨였다. 아무 말 없이 잠깐씩 접시에서 얼굴을 들어가며 끝까지 먹었다. 그가 무슨 생각을 하는지 짐작할 수도, 그의 눈길을 오래 견딜 수도 없었다. 그의 시선을 피해 주위를 둘러보았다. 온갖 잡동사니들이 어지럽게 널려 있었다. 각종 사진 장비들, 잡지, 책, 옷가지 그리고 담배꽁초로 넘쳐나는 재떨이……. 담뱃갑이 내 찻잔에 툭 하고 부딪치면서 떨어졌다. 에드워드 쪽을 돌아다보았다.

"담배 피고 싶어 죽겠죠?" 그가 내게 말했다.

"네. 고마워요"

나는 등받이 없는 둥근 의자에서 내려와 담배를 피워 물고는,

바다가 내려다보이는 베란다 창 쪽으로 걸어갔다.

"어제 제가 왜 그랬는지 얘기해 드려야겠죠."

"그럴 필요 없어요. 아무 말 하지 말아요. 상대가 누구였든 구해 줬을 테니까."

"당신이 저를 어떻게 생각하시는지는 몰라도 이런 스캔들을 일으키는 걸 즐기는 여자는 아니에요. 그것만은 이해해 줬으면 좋겠어요."

"당신이 왜 그랬는지는 관심없어요."

그는 현관문 쪽으로 걸어가 문을 열었다. 고집불통 촌놈이 나를 돌려세우고 있었다. 나는 뒤를 졸졸 따라다니는 개의 목덜미를 쓸어 준 다음, 개 주인 앞을 지나쳐 밖으로 나와 서서 그의 눈을 똑바로 응시했다. 이렇게 무뚝뚝한 남자는 처음이었다.

"잘 가요." 그가 툭 내뱉었다.

"필요한 거 있으면 언제든."

"필요한 거 없어요."

눈앞에서 문이 쾅 하고 닫혔다. 나는 한참을 그대로 서 있었다. 멍청이!

집안 대청소를 하기로 했다. 숙취 해결에 청소보다 더 좋은 게 없다는 판단 아래 두 팔을 걷어붙였다.

펠릭스와도 오랫동안 통화했다. 그는 인내심을 가지고 내 얘기를 들어주었다. 그렇게 나는 또 한 차례 고통의 시간을 견디고 다시 두 발로 버티고 설 수 있었다. 회복을 위한 걸음을 한 발 더 내딛어 보기로 했다.

문 두드리는 소리에 열어 보니 에드워드가 서 있었다. 일주일 전 그의 집에서 뛰쳐나온 뒤 처음이었다.

"안녕하세요?" 그가 짧게 인사를 건넸다.

"네."

"한 가지 부탁할 게 생겨서요. 집을 좀 비우는데 개를 돌봐줄 수 있을까요?"

"아비와 잭이 돌봐주지 않나요?"

"네. 그런데 이번에는 좀 오래 떠나 있을 것 같아서요."

"얼마 동안이나요?"

"이 주쯤, 아니면 더 걸릴 수도 있고."

"언제 데리러 갈까요?"

"지금이요."

그는 뻔뻔스러울 정도로 당당했다. 자동차 시동조차 끄지 않고 밀어붙였던 것이다. 내가 시간을 끌며 머뭇거리자 그가 입을 비죽거리며 툭 던졌다.

"아, 됐어요. 없던 걸로 하죠."

"저, 잠깐만요? 생각할 시간은 좀 줘야 하는 거 아닌가요?"

"생각할 시간이요? 이런 일을 뭐 생각할 게 있나요?"

"그리 친절하게 부탁하시니, 좋아요. 데리고 와요."

그가 지프차 트렁크를 열자마자 피피가 펄쩍 뛰어 내려왔다. 날 보고 꼬리를 흔들며 반가워했다. 주인보다 훨씬 상냥한 녀석이었다. 내 얼굴엔 어느새 미소가 번졌다.

"그럼, 가 볼게요." 에드워드가 말했다.

말이 끝나자마자 그는 차 안으로 들어가 운전대를 붙잡았다.

"잠깐만요. 체인은 없어요?"

"없어요. 그냥 휘파람 불면 달려올 거예요."

"그게 다예요?"

에드워드는 차 문을 닫고 쏜살같이 달아났다. 면전에서 문을 쾅 닫는 못된 버릇은 여전했다.

오늘은 그가 떠난 지 3주째 되는 날인데, 여전히 아무 소식도 없다. 날 완전 무시한 게 틀림없다. 다행히 피피는 온순하고, 다정하게 굴었다. 나의 가장 가까운, 아니 유일한 친구가 되어 주었다. 내가 가는 곳마다 따라다녔고, 잠잘 때도 내 곁을 떠나지 않았다. 피피에게 혼자 중얼거리다 문득 애완동물을 끼고 말년을 보내는 노부인이 되는 건 아닌지 두려운 마음마저 들었다.

피피 덕분에 네 발 달린 반려자와 함께 지내는 즐거움을 깨달았다. 물론 피피가 혼자 달아날 때는 예외지만. 바닷가를 산책할 때면 그는 한 번씩 멀리 사라졌다 돌아오곤 했는데, 그때는 아무리 휘파람을 불러도 소용이 없었다. 오늘은 안 보인지 꽤 오래 된 것 같아 슬슬 걱정이 되기 시작했다.

피피를 찾으려고 모래사장을 이리저리 뛰어다니느라 온몸에 땀이 배어들고 숨이 차올랐다. 고개를 숙인 채 두 손으로 무릎을 짚고는 호흡을 가다듬었다. 그때 멀리서 피피가 짖는 소리가 들리더니 처음 보는 사람 뒤를 따라 내쪽으로 걸어오고 있는 것이었다. 햇빛을 가리려고 손을 이마에 비스듬히 대고 쳐다보니 내 또래의 여자였다. 옆을 스쳐 지나가면 누구나 뒤돌아봤을 그런 여자라고 할까. 단화에 체크무늬 미니스커트, 가죽 점퍼 차림이었다. 가슴께가 훤히 들여다보이는 블라우스 위로 적갈색의 풍성한 머리칼이 출렁거렸다. 그녀는 막대기 하나를 집어 멀리 던지고는 내가 있는 곳까지 걸어왔다.

"이 녀석, 저리로 가지 못해!"

그녀가 연신 얼굴에 미소를 지으며 중얼거렸다.

"안녕, 디안느!"

"아……. 네. 안녕하세요?"

나는 우물거리며 대답했다.

"피피를 돌보고 계신다는 말을 들었어요. 너무 힘들게 하지 않는지 보러 왔어요."

"아니, 괜찮아요. 지낼 만해요. 저렇게 혼을 쏙 빼놓을 때만 빼고."

"오, 별거 아니에요. 저 녀석 따라 뛰느라 몇 번을 모래에 엉덩방아를 찧었는지 모른다니까요. 에드워드 말만 듣죠. 하긴 우리 오빠 아니면 누가 저런 미친 장난을 치고 싶겠어요?"

그녀는 속사포를 쏘아 대듯 말을 쏟아 놓고는 한바탕 크게 웃었다. 내가 제대로 들은 건가?

"에드워드가 오빠예요?"

"네…… 아…… 미안해요. 제 소개가 늦었네요. 쥬디트라고 해요."

"아, 네. 저는 디안느예요. 참, 알고 계시죠."

"근데, 집에 가서 차 한 잔 주실 수 있어요?"

그녀는 스스럼없이 내게 팔짱을 끼더니 오두막 별장 쪽으로 자연스럽게 나를 이끌었다. 한 부모 밑에서 자랐나 싶을 정도로 에드워드와 닮은 구석이라곤 하나도 없었다. 딱 하나 닮은 게 있다면 둘 다 푸른빛이 감도는 초록 눈동자를 지니고 있었다.

그녀는 집에 들어오자마자 곧바로 소파에 털썩 주저앉아 낮은 탁자에 두 발을 떡하니 올려놓는 것이었다.

"커피? 차? 뭐 마시고 싶으세요?"

"프랑스 분이니 괜찮은 포도주가 있을 것 같네요. 아페리티프 마실 시간도 됐고."

5분 뒤, 우리는 건배를 했다.

"디안느, 어떻게 당신처럼 연약해 보이는 여자가 오빠마냥 이런 거친 곳에서 지낼 수 있죠? 물론 멋진 곳이라는 건 잘 알지만. 그래도 무슨 생각으로 여기까지 온 건지 궁금해요."

"그냥 여러 경험들을 해보는 거죠 뭐. 바닷가에서 혼자 살아보고 싶었고. 근데 어디 살아요?"

"더블린 시내에요. 우리 집 바로 아래층이 바에요. 꼭 한 번 놀러오세요."

"글쎄요. 그럴 날이 있을지."

"여기 얼마나 있을 거예요? 어떤 일을 해요?"

"지금은 아무 일도 안 해요. 당신은?"

"며칠 휴가예요. 항구에서 일하는데, 컨테이너 플래닝이라고. 별로 재미는 없지만 집세며 잡다한 지출은 감당할 수 있으니……."

말이 끊이질 않았다. 혀를 내두를 만한 수다였다. 그러다 파리에게 물리기라도 한 것처럼 벌떡 자리에서 일어났다.

"이제 가 봐야겠어요. 아비하고 잭이 기다리고 있다는 걸 깜박 잊고 있었어요."

말이 끝나기도 전에 그녀는 이미 현관문 앞에 서 있었다.

"잠깐만요. 이 담배 챙기세요."

"그냥 가져요. 밀수로 얻은 장물이니. 세관원들하고 모종의 거래가 있거든요." 그녀는 살짝 윙크해 보였다.

"걸어가려고요? 어두워졌는데 데려다줄까요?"

"무슨 그런 소릴! 엉덩이 살 빼려면 이 정도쯤이야. 내일 봐요!"

다음 날, 그녀는 예고한 대로 다시 왔다. 그리고 그 다음 날에 이어 사흘 내리 내가 살고 있는 공간을 점령했다. 그런데 이상하게도 그녀의 존재가 답답하게 느껴지지 않았다. 그녀를 보고 있으면 요염한 척하는 것도 재미있고, 왠지 웃음이 났다. 어쨌든 이 방면에서는 천재적 소질이 엿보였다. 이탈리아 여배우 뺨치는 볼륨감을 어떻게든 발산하려 했고, 입에서는 쉬지 않고 듣기 민망한 외설스런 욕들이 튀어나왔다. 폭발성이 강력한 칵테일을 만난 셈이었다. 기상천외한 연애담이 끊임없이 이어졌다. 자신감 넘치고, 좀처럼 두려움이 뭔지를 모르는 그녀였지만, 남자 문제만큼은 순탄하지 않은 듯했다. 자기에게 다가온 첫 남자에게 넘어갔다고 했다. 소위 '나쁜 남자'의 유혹 앞에서는 언제나 백기를 들고 투항했다고.

그날은 밤늦게까지 남아 저녁을 같이 먹었다. 그녀 혼자서 4인분은 해치운 것 같았다. 놀라운 식욕이었다.

"우리끼리 하는 말인데?" 그녀는 거침없이 청바지 단추를 풀면서 말을 꺼냈다.

산책을 나가자고 졸라 대는 피피에게 막 문을 열어 주려던 참이었다.

"어떻게 오빠가 당신한테 피피를 돌봐 달라고 부탁했죠?

"제가 갚아야 할 빚이 있어서."

그녀는 알 수 없다는 눈길로 나를 쳐다보았다. 나는 소파 위에 무릎을 꿇은 자세로 다시 앉았다.

"그건 그렇고, 에드워드는 늘 저런 식인가요?" 내가 불쑥 물었다.

" '저런 식' 이란 게 뭐죠?" 그녀는 두 손가락으로 따옴표 표시를 하며 물었다.

"말하자면 투박하고, 거칠고, 좀처럼 말도 없고, 뭐 그런 거요."

"아, 그거요! 늘 그랬어요. 어릴 때부터 아주 못되게 굴었어요."

"오빠를 그렇게 말하다니 훌륭한 여동생이네요. 부모님께서 꽤 힘드셨겠어요."

"아비가 아무 말 안 했어요? 아비하고 잭이 우리를 키워 줬어요. 엄마가 나를 낳다가 돌아가셨대요, 오빠는 그때 여섯 살이었고요. 아빠가 우리를 돌보지 않고 고모 집에 맡긴 거죠."

"그랬군요. 괜한 말을 꺼냈네요."

"아니에요. 우리에게 두 분은 더없이 훌륭한 부모가 되어 주셨어요. 단 한 번도 고아라는 생각을 해본 적이 없었으니까요. 주위에서 그런 말도 듣지 못했고."

"그럼, 아빠하고는 같이 살아 본 적이 없어요?"

"뭐, 가끔 아빠가 우리를 위해 기꺼이 회사를 비웠을 때, 한나절씩은 같이 지내긴 했어요. 오빠 때문에 그 시간조차 지옥이 따로 없긴 했지만."

"아빠를 만나는 걸 별로 좋아하지 않았나 봐요?"

"네. 오빠는 부모님한테 버림을 받았다고 생각했기 때문에 세상을 원망했어요. 아빠를 싫어한 건 아닌데 같은 공간에 있으면 둘 다 못 견뎌 했죠. 하여튼 엄청 불안 불안 했어요."

"어떻게요?"

"오빠가 불 같은 성격의 아빠를 쏙 빼닮았거든요. 그러니 만날 때마다 둘 사이에 불똥이 튀고 난리가 아니었죠. 잠깐 얼굴을 볼 때도 서로 소리를 지르느라 시간을 다 보낼 정도였으니."

"당신은 그 둘 가운데서 견뎌야 했고?"

"그렇죠. 어땠을지 충분히 상상이 가시죠?"

"지금도 갈등이 심한가요?"

"아빠는 돌아가셨어요."

"아!"

"네. 엎친 데 덮친 격이었죠." 그녀는 빙그레 웃으며 담배에 불을 붙인 다음 잠시 허공을 응시하다 말을 이었다.

"둘은 마지막까지 부딪쳤어요. 그래도 아빠가 병실에 누워 있을 동안 내내 자리를 지킨 건 오빠였어요. 몇 시간이고 꼼짝하지 않고 있었죠. 그렇게 두 사람이 파란만장했던 과거를 청산하고, 화해했다고 믿어요. 오빠가 말해 주지 않아서 무슨 얘기들을 나누었는지는 몰라요. 그저 아빠가 마지막에 무척 평온한 얼굴로 눈을 감았다고만 했어요."

"그때 당신은 몇 살이었는데요?"

"열여섯이요. 오빠는 스물두 살이었고. 그때부터 오빠는 자기가 집의 가장이라고 선언하고는 나를 돌봐주기 시작했어요. 아비와 잭도 어쩔 수 없었어요. 오빠가 날 데리러 왔고, 같이 살기 시작했죠."

"생활비는 어떻게?"

"저도 몰라요. 어쨌든 오빠는 공부를 계속했는데, 그러면서 온갖 일들을 했던 것 같아요. 힘들게 돈을 벌면서 나를 돌봐줘야 했기 때문에 세상으로부터 자신을 보호해야만 한다고 생각했을지도. 그래서 점점 더 단단한 껍질로 자신을 무장해야 했을 테고."

"친구는 없어요?"

"있긴 하죠. 몇 안 되지만. 엄선해서 만나는 그런 친구들 말이에요. 오빠는 좀처럼 상대를 믿질 않아요. 결국은 배반을 당하거나 버림받을 거라고 생각하니까요. 그래선지 내게도 혼자 힘으로 헤쳐 나가는 법을 가르쳐 주려 했고, 남에게 의존하지 말라고 했어요. 나를 함부로 대하거나, 조종하려 드는 남자들을 상대로 주먹을 휘두른 때도 있었죠."

"폭력적인 면이 있나 봐요?"

"그렇진 않아요. 누군가 괴롭히면 가만히 있지 않지만. 자신을 극단으로 몰아붙이면 발끈하죠."

"내가 그랬지……." 나는 혼잣말로 중얼거렸다.

그녀는 눈을 찡그리며 나를 바라보았다.

"설마 오빠를 무서워하는 건 아니죠?"

"잘 모르겠어요. 나한테는 아주 못되게 굴거든요."

그녀는 한바탕 크게 웃었다.

"물론 당신이 여기에 온 게 오빠로선 상당히 귀찮은 일인 건 맞아요. 하지만 걱정 말아요. 그래도 지켜야 할 원칙은 잘 알고 있는 사람이니. 여자한테 손찌검하는 그런 남자는 아니에요. 오히려 어려움에 처해 있는 여자를 구해 주는 남자지."

"우리가 정말 같은 사람 얘기를 하고 있는 건지 잘 모르겠어요."

다음 날, 피피와 바닷가 산책을 하고 있는데, 더블린으로 가는 길이라며 쥬디트가 찾아왔다. 모래사장에 앉아 잠깐 얘기를 나누었는데, 그녀는 여전히 나에 대해 궁금해 했다.

"뭔가 감추는 게 있는 것 같아요. 왜 여기에 왔어요? 아비도 그렇고 나도 결국 당신의 입을 열게 하진 못했네요."

"특별히 할 말이 없어서 그래요. 그다지 흥미로운 삶도 아니고. 정말이에요."

잠시 한눈을 판 사이 피피가 어디로 달아났는지 눈에 띄지 않았다. 혹시 차에 부딪치진 않았는지 걱정이 되어 두리번거리며 별장 쪽으로 뛰어갔다. 에드워드가 도착했을 때 자기 개가 아무 데나 헤매고 있는 걸 보면 어떻게 반응할지 생각만 해도 끔찍했다.

다행히 피피를 찾아 바닷가로 어떻게든 끌고 오려고 했다. 때마침 에드워드의 지프가 별장 앞에 막 도착하고 있었다. 피피를 충분히 통제하고 있다는 걸 보여 주기 위해 나는 그가 가까이 올 때까지 안간힘을 다해 체인을 붙들었다. 피피가 에드워드를 보자마자 기뻐 날뛰면서 계속 우리 둘 사이를 왔다 갔다 했다. 우리는 그 자리에 서서 서로를 경계하고 있었다.

그때 쥬디트가 달려와 에드워드의 목에 매달리며 소리를 질렸다. 그의 얼굴에 살짝 미소가 번졌다. 쥬디트가 잠시 후 그를 풀어 주고는 두 손으로 에드워드의 턱을 매만지며 인상을 찌푸렸다.

"이런, 얼굴이 많이 상했네."

"그만해."

그는 그녀의 손을 밀치고 내 쪽을 돌아다보았다.

"피피 돌봐줘서 고마워요."

"천만에요."

쥬디트는 우리 둘을 번갈아 보며 천천히 박수를 치기 시작했다.

"오! 무슨 대화가 그렇게 싱거워. 오빠가 두 마디 더했나. 디안느도 보통 때는 말이 더 많던데."

나는 어깨를 으쓱해 보였다.

"쥬디트, 그만해." 에드워드가 투덜거렸다.

"어, 왜 이래. 진정해요. 투덜쟁이."

"아비랑 잭이 기다려."

"새로 사귄 친구에게 인사할 시간은 줘야지."

에드워드는 두 눈을 들어 허공을 쳐다보더니 이내 앞장서서 걸어갔다. 쥬디트가 내 팔을 붙들었다.

"2주 후, 크리스마스 휴가 때 올 거예요. 만나러 올게요. 그때는 다 말해 주기예요."

"그럴 것 같지 않은데요."

나는 그녀를 꽉 껴안아 주었다. 함께 좋은 시간을 보낸 터였다.

해변에 앉아 그들이 멀어지는 모습을 물끄러미 바라보았다. 쥬디트는 에드워드 곁을 빙빙 돌며 어린아이처럼 폴짝거리고 있었다. 행복해 보였다. 에드워드도 분명 자기 방식대로 행복감을 표현하고 있을 것이다.

5

AUBERGE DE LA BONNE FRANQUETTE
LE CONSULAT
RESTAURANT LE CONSULAT
CAFE

일주일이 넘도록 펠릭스한테 소식이 없어 전화를 걸었다. 내가 먼저 그를 찾게 되다니 놀라운 변화였다. 세 번째 전화를 걸었을 때야 그가 받았다.

"디안느, 예약이 넘쳐서. 일이 너무 많아!"

"어쨌든 잘 있는 거지?"

"빨리 용건만 말해. 크리스마스 준비 때문에 정신이 하나도 없어."

"어떻게 보낼 건데?"

"네 부모님이 크리스마스 때 네가 오지 않기로 했다면서 나를 초대하시더라고. 물론 가지 못한다고 말씀은 드렸지. 그 대신 그리스의 미코노스 섬에서 열리는 속옷 데이 축제에 가려고."

"아! 알았어."

"돌아오는 대로 전화할게."

전화가 툭 끊겼다. 귀에 전화기를 대고 잠시 생각에 잠겼다. 부모님이 크리스마스 파티에 오라고 강요하지 않은 게 얼마나 다행인지. 눈에서 멀어지면 마음에서도 멀어지는 걸까. 남편 잃고 우울증에서 헤어나지 못하는 딸의 존재가 모처럼 준비한 화려한 파티와는 어울리지 않겠지. 하지만 펠릭스가 날 혼자 내버려 두는 건 좀 다른 문제였다. 받아들이기 쉽진 않았다.

겨울 햇살이 거실로 쏟아져 들어왔다. 태어나 처음 마주하는 햇살 같았다. 그렇다고 밖으로 나가고 싶진 않았다. 크리스마스가 다가와서 그런지 종종 슬픈 생각에 빠져들었다. 문 두드리는 소리에 겨우 소파에서 일어나 나가 보니 쥬디트가 깜찍한 산타 옷을 입고 서 있었다. 섹시한 산타는 날 보자마자 반갑다는 듯 와락 달려들었다.

"오늘 같은 날, 집안에 틀어박혀서 뭐해? 장갑 끼고 같이 산책하자."

"초대는 고맙지만 그냥 집에 있을래."

"내가 그대로 내버려 둘 줄 알아?" 그녀는 옷걸이 쪽으로 내 등을 밀었다.

머리에 모자도 씌우고, 열쇠를 집어 들고는 현관문을 잠그는 것이었다.

음정 박자도 무시한 채 제멋대로 캐럴을 흥얼거리는 그녀를 보니 피식 웃음이 났다. 어쨌든 나를 바닷가로 끌어 낸 다음 아비와 잭의 집까지 데리고 갔으니 그녀의 계획은 성공한 셈이었다.

"우리 왔어요!"

그녀가 집 안으로 들어서며 큰 소리로 신고했다.

나는 그녀를 따라 거실로 갔다. 그녀는 아비와 잭의 뺨에 쪽 소리가 날 정도로 세게 입맞춤을 했다.

잭이 나를 보고 활짝 웃으며 어깨를 톡톡 쳤다. 디킨스의 「크리스마스캐럴」만 있으면 크리스마스 신화가 완벽하게 마무리 될 것 같았다. 천장까지 뻗은 크리스마스트리, 벽난로 위에 가지런히 놓인 크리스마스카드들. 반짝반짝 빛나는 볼 장식들, 탁자 위에는 독특한 향신료 냄새가 나는 크리스마스 쿠키가 넘쳐 났고, 배경 음악으로는 징글벨이 흘러나오고 있었다. 부족한 게 없었다. 아비와 쥬디트는 어떻게든 나를 편안하게 해주려고 분주하게 움직였다. 앉을 자리를 내주고, 차를 건네고, 쿠키와 당근 케이크, 그리고 크리스마스 쿠키가 가득 담긴 접시도 내밀었다. 날 살찌우기로 작정한 이들 같았다. 그 모습을 물끄러미 바라보던 잭은 고개를 설레설레 흔들며 껄껄 웃었다.

내 눈앞에서 두 시간째 똑같은 장면이 펼쳐지고 있었다. 쥬디트는 바닥에 앉아 선물을 정성스레 포장한 다음 트리 아래에 놓았고, 아비는 크리스마스 양말을 뜨개질 했다. 나 혼자만이 이 무대에 어울리지 못하는 것 같았다. 훈훈한 가정의 온기가 감돌았지만 나는 이제 더 이상 이런 것들을 믿지 않았다. 오직 나의 클라라를 위해 머리에 고깔모자를 쓰고 색종이 테이프를 마구 뿌리며 깔깔대던 시절도 있었는데…….

"조심해요." 잭이 말을 걸었다. "뭔가 꿍꿍이속이 있는 것 같으니. 아무래도 디안느 당신하고……."

"잭, 조용히 있어요." 아비가 끼어들었다.

"디안느, 낼 모레가 크리스마스인데 파리에 가지 않아요?"

"네. 여기 있으려고요."라고, 대답하고 나자 좀 전까지만도 내 얼굴에 감돌던 미소가 어느새 사라지고 있었다.

"그럼, 우리하고 같이 보내요."

우리? 거기에 그 못된 에드워드도 포함되는 건가? 그가 과연 크리스마스 저녁을 어떻게 보내는지 궁금해서라도 그러겠다고 대답하고 싶었다.

"그렇게 해요. 혼자 있지 말고." 쥬디트가 거들었다.

대답을 하려는데 딸칵 하고 문 여닫는 소리가 났다. 쥬디트가 벌떡 일어나 현관 쪽으로 달려갔다. 그녀의 목소리가 거실까지 들렸다.

"이리 와. 자, 똑바로 좀 서 봐!"

짐작한 대로 쥬디트 뒤로 에드워드가 따라 들어왔다. 그녀는 아비 등 뒤에서 두 팔로 그녀의 목을 감싸고, 턱은 어깨에 기댄 채 내게 눈웃음을 찡긋해 보였다.

"에드워드, 인사해!"

그녀가 내게서 눈을 떼지 않은 채 말했다.

머리를 들어 에드워드 쪽을 바라보는데, 순간 냉랭한 기운이 훅 끼쳤다. 그의 날카로운 눈이 나를 정조준하고 있는 것이었다.

"안녕하세요." 그가 어쩔 수 없이 내게 우물거리며 인사했다.

"아, 네."

이윽고 거실로 성큼성큼 걸어 들어와, 잭과 악수를 나누고는 벽난로 앞에 가 섰다. 우리 쪽으로는 등을 돌린 채 불길만 응시했다.

"서로 인사는 나눴으니 하던 말 계속 할까요?" 쥬디트가 입을 열었다.

아비가 말을 이었다.

"진지하게 제안하는 거예요. 디안느, 우리하고 크리스마스 같이 지내요."

에드워드가 불쑥 뒤로 돌아서며 큰 소리로 말했다.

"지금 무슨 소리 하는 거예요? 여기가 구세군도 아니고."

그의 몸은 활처럼 팽팽하게 당겨져 있었다. 그의 귀에서 담배 연기가 나오는 걸 봤다 해도 나는 절대 놀라지 않을 것 같았다.

"오빠, 그렇게 바보처럼 구는 거 지겹지도 않아? 디안느를 크리스마스 파티에 초대한 건 우리니까, 오빠는 할 말 없어. 원치 않으면 오빠가 오지 말고."

남매 간의 불꽃 튀는 전쟁을 보고 있으니 마치 수탉 두 마리가 맞붙어 싸우는 것 같았다. 그런데 이번만큼은 왠지 에드워드가 예전처럼 위협적이지 않아 보였다. 여동생 앞에서 무릎을 꿇는 그의 약한 모습을 보는 게 고소하긴 했지만 내가 나서서 교통 정리를 해야 했다.

"저기, 잠깐만요! 저도 한 마디 해도 되죠? 그날 전 오지 않을 거예요. 크리스마스를 별로 축하하고 싶지 않거든요."

"그래도……."

"그 문제는 더 이상 얘기하지 않았으면 해요."

"그래요. 원하는 대로 해요." 잭이 중재에 나섰다. "마음이 바뀌면……. 언제든 문이 활짝 열려 있다는 것만 알고 있어요."

"정말 고마워요. 가 봐야겠어요. 많이 늦었어요."

"저녁 같이 먹고 가요." 아비가 제안했다.

"고맙지만 그만 가 볼게요. 일어서지 말고 다들 그냥 계세요. 길은 잘 알고 있어요."

쥬디트는 뒤로 한 발 물러섰고, 아비가 나를 다시 껴안아 주었다. 그러면서 조카 녀석에게 못마땅하다는 눈길을 보냈다. 잭이 내게 살짝 윙크를 보냈다. 잭에게 고맙다는 인사를 하고는 날 뚫어지게 응시하고 있는 에드워드 앞에 우뚝 서서 들릴락 말락 한 목소리로 중얼거렸다.

"고마워요. 지금 저를 위해 아주 좋은 일 하신 거예요. 알고 보니 꽤 괜찮은 분이시네요."

"당장 여기서 나가지 못해요."

그가 이를 꽉 물고 중얼거렸다.

"안녕히 계세요." 나는 목소리를 한 옥타브 높여 응대했다.

그리고는 입 다물고 서 있는 그에게 손까지 살짝 흔들어 보이고는 밖으로 나왔다. 문 옆에 서 있던 쥬디트가 외투를 찾아 내 어깨에 걸쳐 주었다.

"왜 도망가요?"

"집에 가고 싶어요."

"크리스마스 때 들를게요."

"아니에요. 혼자 있고 싶어요. 가족하고 지내세요."

"바보 같은 오빠 때문에 그래요?"

"내게 그만큼 중요한 사람도 아닌걸요. 이번 일하고는 아무 상관없어요. 좋은 시간 보내요. 가 봐야 해서 가는 것뿐이에요.

내 걱정은 하지 말고." 그녀를 껴안아 주면서 말했다.

밖에는 앞이 보이지 않을 정도로 굵은 비가 퍼붓고 있었다. 그제야 차를 집에 두고 걸어왔다는 게 생각났다. 날도 점점 어두워지고 있었다. 나는 주머니에 손을 질러 넣고 머리를 비우려고 애쓰며 걸어가다가 클랙슨 소리에 깜짝 놀라 뒤돌아보았다. 헤드라이트 불빛에 눈이 부셨다. 에드워드였다.

"타세요."

"크리스마스를 기념하는 친절인가요? 아니면 어디 아프세요?"

"택시라고 생각하고 타세요. 마지막으로 제안하는 호의니."

"어쨌든 고마워요."

나는 차에 올라탔다. 그의 집만큼 차 안도 엉망이었다. 발에 치이는 물건들을 밀쳐 내고 겨우 자리를 잡고 앉았다. 콘솔 박스에는 담뱃갑과 신문들이 뒤엉켜 있었고, 도어포켓 부분에는 커피를 따라 마신 종이컵이 끼워져 있었다. 내가 담배를 피우는 사람이니 다행이지, 안 그랬다면 퀴퀴한 냄새에 구역질이 날 정도였다. 차 안에는 무거운 침묵만이 감돌았다.

"왜 파리로 돌아가지 않죠?"

"더는 그곳이 내 집 같지 않으니까요." 나는 서둘러 대답했다.

"여기도 마찬가지 아닌가요."

"잠깐만요. 이런 말 하려고 태워 준다고 한 건 아니겠죠."

"제가 알고 싶은 건 당신이 언제 떠나느냐예요."

"당장 차 세워요!"

그가 급브레이크를 밟았다. 차에서 뛰쳐 나가려는데 안전벨트가 엉켜 말을 듣지 않았다.

"도와 드릴까요?"

"입 다물어요." 내가 버럭 소리를 질렀다.

안전벨트를 겨우 풀고, 이번만큼은 내가 먼저 그의 코앞에서 차문을 쾅하고 닫았다.

"메리 크리스마스!" 그가 유리창 밖에 대고 소리쳤다.

나는 뒤도 돌아보지 않고 앞만 보고 걷기 시작했다. 그의 차가 옆으로 바싹 다가와 물웅덩이 위로 달리는 바람에 머리에서 발끝까지 흙탕물을 뒤집어썼다. 도대체 정신 연령이 열두 살은 된 건지. 어쨌든 이번에는 그가 이긴 셈이었다. 내 신경을 건드리는 단계를 뛰어넘어 완전히 돌아 버리게 만들었으니.

나는 추위 때문에 턱을 덜덜 떨면서 집에 도착했다. 집 안으로 들어서자마자 문을 꼭꼭 걸어 잠갔다.

12월 26일. 11시. 문 두드리는 소리에 나가 보니 쥬디트가 서 있었다. 그녀가 나를 안으로 밀며 쳐들어왔다.

"크리스마스 파티 끝!"

그녀는 곧바로 부엌으로 가서 커피를 들고 나와 소파에 몸을 던졌다.

"당신한테는 뭔가 미스터리한 게 있어요. 부탁 하나 해도 돼요?"

"말해 봐요."

"해마다 연말 파티를 준비했어요."

그녀가 무슨 얘기를 꺼낼지 짐작이 되었기에 내 얼굴이 일그러졌다. 나는 자리에서 일어나 담배에 불을 붙였다.

"바 주인은 어릴 적부터 잘 아는 분이에요. 내 부탁이라면 절대 거절하는 법이 없죠. 이 마을엔 노인들밖에 없거든요. 그래서 새해 마지막 날이면 바를 빌려 주고 마음대로 꾸며서 신나게 파티를 열라고 하죠."

"충분히 상상이 가요."

"친구들을 초대해서 밤새도록 술도 마시고, 노래도 부르고, 심지어 바 테이블에 올라가 춤까지 추고 난리가 아니죠. 근데 올해는 프랑스 여자 친구를 초대하려고요."

"아? 이 마을에 나 말고 프랑스 여자가 또 있나 봐요?"

"그만해요, 디안느. 크리스마스 건은 넘어 갈게요. 당신 혼자만 가족들하고 문제 있는 건 아니니까요. 한데 송년회는 달라요. 연말 파티는 친구끼리 맘껏 즐기는 모임이잖아요. 거절하기 없기예요."

"너무 많은 걸 부탁하네요."

"왜 그런 거예요?"

"그 얘긴 그만 할래요."

"좋아요. 어쨌든 당신이 왔으면 좋겠어요. 그런데 옷차림은 살짝 신경 쓰기예요. 추물들의 전시회가 되면 곤란하잖아요."

나는 피식 웃으며 눈썹을 찡그렸다.

"요가 트레이닝 바지에 낡은 스웨터 차림은 사절이란 뜻이에요."

다른 방식이긴 해도 그녀마저 에드워드처럼 날 귀찮게 하기 시작했다. 나는 한숨을 길게 쉰 다음 두 눈을 질끈 감았다 떴다.

"좋아요. 갈게요. 하지만 오래 있진 않을 거예요."

"그건 마음 내키는 대로 해요. 그럼 준비할 게 많아 이만 가 봐야겠어요"

그녀는 눈 깜짝 할 사이 사라졌다. 나는 소파에 몸을 파묻은 채 머리를 두 손으로 움켜쥐었다.

옷 입는 걸 도와주겠다는 쥬디트의 제안을 겨우 거절할 수 있었다. 내 옷차림에 대해 그녀가 던진 한 마디가 계속 마음에 걸렸다. 침실에 있는 전신 거울 앞에 선 내 모습을 보니 한 마디로 무대에 오르기 위해 변장한 꼭두각시였다. 내 모습이 이렇게 낯설 수가! 오랫동안 거울 속의 나를 쳐다보았다. 부쩍 나이 들어 보이는 내가 서 있었다. 얼굴엔 눈에 띌 정도로 자잘한 주름이 잡혀 있고, 가까이 보니 머리카락까지 희끗거렸다. 불쑥 콜랭 생각이 떠올라 눈물이 날 것만 같았다. 화장으로 슬픈 얼굴을 감추기로 했다. 눈썹도 짙게 그리고, 마스카라까지 두텁게 칠했다. 콜랭을 위해 두 눈을 예쁘게 꾸미고는 아무 생각 없이 머리카락을 질끈 잡아 묶었다. 목덜미 위로 머리카락 몇 올이 힘없이 떨어졌다. 그럴 때면 콜랭이 머리카락을 집어 올려주곤 했는데. 바지, 등이 깊이 파인 블라우스, 그리고 단화. 머리에서 발끝까지 검은색으로 차려 입었다. 가슴 한가운데는 나의 유일한 보석인 결혼 반지가 매달려 있었다.

바 주차장은 빈틈없이 꽉 차 있었다. 파티가 시작된 게 틀림없었다. 얼굴도 모르는 사람들과 마주하고 웃으며 이야기를 나눠야겠지. 갑자기 모든 게 힘들게 느껴졌다.

크게 한숨을 내쉬면서 바의 문을 밀쳤다. 바 안은 발 디딜 틈도 없을 정도로 붐볐다. 후끈거리는 열기에 압도당할 정도였다. 다들 노래하고 춤추느라 정신이 없었다. 스위트 홈 알라배마 노래가 흘러나왔다. 아일랜드 인의 피에는 축제를 즐길 줄 아는 DNA가 있는 게 분명했다. 처음 마주하는 광경이었다. 쥬디트를 찾는 건 그리 어렵지 않았다. 검정 가죽바지에 붉은 코르셋 차림으로 머리카락을 사자 갈퀴처럼 흩날리고 있어 금방 눈에 띄었다. 사람들 사이를 겨우 뚫고 가까이 갔다. 어깨를 툭 치자 그녀가 돌아보았다. 그녀의 입에서 탄성이 흘러나왔다.

"디안느, 당신 맞아요?"

"네. 저예요."

"내면에 팜므파탈이 숨어 있을 거라는 건 알고 있었지만 이 정도일 줄은 몰랐어요. 그러고 보니 내 여왕 자리가 위태로운걸."

"농담 그만해요. 안 그러면 갈 거예요."

"그럴 순 없죠. 일단 왔으니 끝까지 함께 하기에요."

"제가 말했죠. 12시 땡 치면 신데렐라가 되어 달아날 거라고. 조용히 사라집니다."

그녀는 잠시 자리를 비우더니 어느새 술잔을 내게 내밀었다.

"자, 마셔요. 그 얘기는 나중에 하고."

그녀는 아는 사람을 만날 때마다 나를 소개하느라 정신이 없었다. 다들 밝게 웃으며 기대 이상으로 친절하게 맞이해 주었다. 바 안의 분위기는 천진난만한 아이들의 놀이터처럼 활기가 넘쳤다. 처음 대하는 광경이었다. 사람들은 지나칠 때마다 내게 술잔을 건넸다. 덕분에 긴장을 풀고, 자연스럽게 파티 분위기에 어울릴 수 있었다.

미소를 앞세워 사람들을 뚫고 겨우 바 테이블까지 갈 수 있었다. 잔은 이미 오래전에 비어 있었다. 결국 자정 넘어 아침까지 남아 있겠다고 했다. 선택의 여지도 없었다. 그때부터 작정하고 술을 마시기 시작했는데, 내 옆에 누가 앉았는지 돌아보지 않고 계속 입 안에 칵테일을 들이부었다. 옆에 앉은 남자도 연신 위스키를 들이켜고 있는 것 같았다. 순간 그의 손이 눈에 확 띄었다. 낯익은 손이었다. 깜짝 놀라 고개를 들어 보니 에드워드가 바 테이블에 기댄 채 술을 마시고 있었다. 잔을 홀짝거리며 내 쪽을 보고 있는 것이었다. 내 몸이 금속 탐지기에라도 포착된 느낌이었다.

"내 여동생이 또 일을 저질렀군요." 입가에 빈정대는 미소를 머금고 말했다. "하긴 그 아이야 늘 거리를 방황하는 개들에게 흥미를 느끼긴 하지만."

"그러는 당신은 도대체 몇 명이나 못살게 군 거죠?"

"단 한 명도 없어요. 당신 빼고는. 여기 있는 사람들은 모두 친구들이죠."

"누가 당신 같은 사람하고 친구하고 싶겠어요."

나는 홀 쪽으로 몸을 틀었다. 앞으로 남은 시간이 순탄치 않을 것 같았다.

쥬디트는 내가 도망이라도 갈까 봐 조바심을 내며 내 옆을 지켰다. 같이 있는 사람들이 무슨 이야기를 하는지 하나도 귀에 들어오지 않았다. 멍하니 흘려 듣고 있는데, 머리카락이 몇 올 남지 않은 갈색 머리 남자가 번쩍 눈에 들어왔다.

"펠릭스!"

나는 사람들을 밀치고 그에게 다가갔다.

그제야 그가 나를 알아보고는 내게 달려왔다. 기뻐 어쩔 줄 몰라 하며 나를 껴안고는 빙글빙글 돌았다. 처음에는 너무 반가워 활짝 웃다가 나는 이내 그의 목에 얼굴을 파묻고 훌쩍거리기 시작했다. 그때까지 참았던 서러움이 한꺼번에 터져 나온 것이었다.

"메시지 받고 그대로 있을 수가 있어야지."

"고마워. 너무 보고 싶었어."

그가 번쩍 안았던 나를 바닥에 내려놓고는 손으로 내 얼굴을 쓰다듬기 시작했다.

"내가 그랬지. 넌 나 없이 못 살 거라고."

나는 손으로 그의 머리 뒤쪽을 가볍게 톡 쳤다. 그가 나를 다시 안아 주며 말했다.

"널 보니 정말 좋다."

"여기서 얼마나 머물 건데?"

"내일 돌아가야 해."

나는 두 팔로 그의 허리를 감싸 안았다.

"그건 그렇고 마실 거는?"

그의 손을 잡고 바 테이블 쪽으로 갔는데, 그는 파티에 뒤늦게 합류한 걸 후회하듯 쉬지 않고 술잔을 들이켰다. 그러면서 사이사이 내 잔을 채우는 것 또한 잊지 않았다.

"디안느, 너 그렇게 입으니 정말 예쁘고 보기 좋다. 이제 좀 정신이 드는 거야?"

"쥬디트 때문에 오늘은 어쩔 수 없었어."

"쥬디트가 누군데? 소개해 줘야지."

"멀리서 저를 찾을 필요 없어요. 여기 대령했습니다."

나는 활짝 웃으며 그녀 쪽으로 돌아섰다.

"오늘 저녁에 애인이 오기로 했다고 귀띔이나 해주지 그랬어!"

그녀가 투덜거렸다.

"애인? 잠깐! 그게 아니라 여긴 그냥 펠릭스야."

"'그냥' 이라니 눈물겹도록 고마운걸." 펠릭스가 도중에 끼어들었다.

"오, 그만해. 이 친구가 쥬디트야. 그리고 여긴 내가 제일 좋아하는 친구, 펠릭스."

그녀는 나를 힐끗거리더니 풍만한 가슴을 한껏 앞으로 내밀었다. 그리고는 뒤꿈치를 들고 서서 펠릭스의 뺨에 입맞춤을 했다.

"디안느가 멋진 분을 초대했네요." 쥬디트가 말했다.

"왠지 낯선 바람이 느껴지는 게 아주 맘에 들어요."

그녀는 한쪽으로 비스듬히 고개를 숙이고는 그를 샅샅이 살폈다. 가만히 보니 그는 그녀가 함정에 빠지기 딱 좋을 만큼 모든 조건을 갖추고 있었다. 가죽 점퍼에 배꼽이 보일 듯 말 듯 한 브이넥 셔츠, 그리고 빡빡 밀어 버린 머리 스타일까지.

"만나서 반가워요." 펠릭스가 묘한 미소를 지어 보였다.

"저도 그래요. 디안느가 뭐든지 잘 빌려 주는 여자이길 바랄 뿐이에요."

너무도 당당하게 펠릭스를 유혹하는 그녀를 보니 웃음이 나서 참을 수가 없었다.

"무슨 그런 걱정을! 우리에겐 온전히 하루 저녁이 남아 있으니 서로를 알게 되기에 충분한 시간이 아닐까요? 그런데 한 가지는 분명히 해둘 게 있답니다."

"뭐죠? 귀담아들을 준비 끝냈는데요."

그녀가 눈썹을 깜박거리며 말했다.

"우리 둘은 절대 잘 될 수가 없답니다."

"오! 이렇게 단번에 거절당하다니, 처음인걸요. 왜죠? 제 입에서 냄새가 나나요? 이 사이에 뭐라도 끼어 있나요?"

"아뇨. 다리 사이에 아무것도 없어서요."

나는 어이없다는 듯 두 눈을 들어 천장을 바라보았다. 쥬디트가 말뜻을 알아듣고는 깔깔거렸다.

"좋아요. 그럼 새벽까지만 디안느를 붙들고 있어 줘요."

나를 턱으로 가리키며 그녀가 말했다.

"그런 거라면 얼마든지. 제 전문 분야거든요."

펠릭스가 건넨 스트레이트 한 잔을 마셨는데 목이 참을 수 없을 정도로 화끈거렸다.

자정이 가까워지자 나와 펠릭스만 제외하고 다들 제야의 카운트다운을 외치기 시작했다. 우리는 무리에서 빠져 나와 있었다. 마침내 함성이 폭발하듯 터졌을 때 나는 펠릭스의 손을 잡고 그의 어깨에 머리를 기댔다.

"디안느, 해피 뉴 이어!"

"너도 새해 복 많이 받아! 쥬디트한테 가 볼까."

그의 손을 잡아 끌어당겼다. 쥬디트를 찾는 건 어렵지 않았다.

"왜 그래? 꼼짝하지 않고 서서?"

펠릭스가 나를 바 안으로 끌어들이며 물었다

"쥬디트 옆에 악마 같은 그 남자가 있어서. 쥬디트 오빠거든."

"괜찮아 보이는데 어때서."

"끔찍한 소리 하지 마. 저 사람이 어떤 남자인지 몰라서 그래. 내가 말한 그 이웃집 남자라니까."

"진작 얘기하지 그랬어. 저렇게 멋진 남자인지 알았으면 열 일 젖히고 바로 달려왔을 텐데."

"제발 좀 참아 주세요. 할 수 없다. 쥬디트는 이따 보러 가자."

"내가 직접 가서 말을 걸어 볼까?"

펠릭스의 음흉한 눈이 표적을 놓칠 리 없었다. 에드워드에게 흥미를 느꼈던 것이다.

"너 완전 미쳤구나."

"그게 아니라, 잘 생각해 봐. 사나운 짐승 길들이는 데는 내가 좀 소질이 있잖아. 그의 귀에 대고 속삭여 줄게. 너한테 친절하게 굴라고."

"쓸데없는 소리 그만 하고 춤이나 추지 그래."

나는 펠릭스와 빠른 로큰롤 음악에 맞춰 신나게 춤을 추었다. 쥬디트도 옆에서 미친 듯이 몸을 흔들어 댔다. 끊임없이 흘러나오는 U2(역주: 아일랜드 출신의 록 밴드)의 히트곡들에 맞춰 우리는 열광적으로 춤을 췄다. 보노의 환상적인 보컬이 바 안에 울려 퍼지자 다들 황홀감에 빠져들었다. 춤을 추다 목이 마르면 칵테일을 홀짝거렸고, 그래도 갈증이 나면 테라스로 나가 시원한 공기를 들이마셨다.

나는 손에 술잔을 들고, 담배를 문 채, 쥬디트와 펠릭스를 바라보았다. 펠릭스가 쥬디트에게 록 리듬과 킹스 오브 리온의

'섹스 온 파이어' 를 살짝 변형시켜서 바차타(역주: bachata, 라틴댄스 중에서 가장 정열적인 춤) 댄스를 가르쳐 주고 있었다. 웃음이 비어져 나오는 걸 겨우 참았다. 그때 에드워드가 불쑥 내 앞에 나타났다.

"담배 한 대 마음 놓고 필 수가 없네요." 나는 그에게 들으란 듯이 중얼거렸다.

"당신이 데려온 저 사기꾼 녀석한테 가서 전해 주시죠. 내 동생한테 손 떼라고."

"쥬디트가 그다지 불쾌해하지 않는 것 같은데요."

"당장 저놈 불러 내지 않으면 내가 직접 나서 손볼 작정이니 알아서 하시죠."

나는 몸을 곧게 세우고는 그에게 다가가 검지로 그의 가슴 한가운데를 찔렀다. 그가 가슴을 앞으로 불쑥 내밀고 있었는데, 그의 협박만큼이나 꽤 위협적인 자세였다.

"정작 당신 여동생은 당신 도움을 그다지 필요로 하지 않는 것 같은데요. 혼자 얼마든지 자신을 보호할 줄 알고. 당신이나 조심하세요. 불행하게도 당신이 완전 펠릭스의 취향이거든요. 당신보다 훨씬 이성애자인 남자들도 침대로 끌어들이는 데 워낙 천부적인 재주를 지닌 친구라."

그가 내 손목을 거칠게 붙들고는 난간 쪽으로 밀쳤다. 그리고는 내 눈을 날카롭게 쏘아 보더니 내게 몸을 바싹 들이밀면서 손목을 더 세게 부여잡았다.

"날 벼랑 끝으로 몰고 가지 않는 게 좋을 텐데."

"그러면 어떻게 할 건데요? 날 때리려고요?"

"지금 참고 있는 거 안 보여요?"

"저리 비켜요. 당장!"

나는 담배 한 모금을 깊이 빨고는 그의 얼굴 한가운데 내뿜었다. 그리고 그의 발 아래 꽁초를 휙 내던졌다. 바 안에 들어섰을 때야 두 다리가 미친 듯이 떨고 있다는 걸 깨달았다.

"세상에, 왜 그래? 그놈하고 장난이 아니던데. 불똥이 여기까지 튀고 말이야."

펠릭스가 내 곁에 다가와 물었다.

"널 위해 건수 하나 올려 주려고 그랬지."

술 한 잔을 들이켜지 않고는 진정할 수 없을 것 같았다. 펠릭스를 자리에 두고 술을 가지러 갔다.

그렇게 몇 시간째 술을 마신 걸까. 온몸에 축축한 알코올 기운이 스며들었고, 주위 바닥은 따르다 흘린 술로 흥건하게 젖어 있었다. 바 안 가득 역한 땀 냄새와 술 냄새가 배어 있었다. 얼마나 몸을 흔들어 댔는지 다리엔 아무 감각도 없었다. 무념무상의 시간이 이어졌다. 몸과 마음이 동시에 이렇게 가벼워질 수 있다니 놀라운 경험이었다. 그러다 취기가 조금씩 올라오면서 눈앞이 흐릿해졌다. 중심을 잡고 똑바로 서 있을 수가 없었다. 자꾸 웃음만 삐져 나왔다. 내 입에서 쉬지 않고 아이 러브 록큰 롤I love Rock'n Roll이 흘러나오는 걸 보니 자제해야 할 때가 된 것도 같았다. 조앤 제트(역주: Joan Jette, 미국의 록 기타리스트, 가수, 작곡가, 프로듀서이자 배우이다. 최고의 히트곡인 I Love Rock'n Roll 이 1982년 3월 20일부터 5월 1일까지 빌보드 1위에 올랐다.)는 흉내도 내지 못하게 취하다니. 무대에서 내려와 펠릭스와 쥬디트에게 갔다.

"이제 집에 들어가 봐야겠어. 더 이상은 무리야."

"나는 이 잔만 마저 마시고 갈게." 펠릭스가 대답했다.

"진짜 집에 가고 싶은 거야?" 쥬디트가 다시 물었다.

"응. 이제 공연은 끝났어. 오늘 저녁 고마워. 내가 여전히 파티를 즐길 수 있다는 걸 깨달았거든."

나는 두 팔로 그녀를 안아 주었다.

문 쪽으로 걸어가며 열쇠를 찾으려고 가방을 뒤적거리다 반대편에서 오는 남자와 부딪쳤다.

"어, 미안해요."

"또 당신! 내 길을 막아서는 데 하여튼 재주가 비상해." 에드워드였다.

"저리 비켜요. 집에 가는 길이니."

그를 밀치고 밖으로 나왔다. 공기가 얼음장처럼 차가웠는데도 좀처럼 정신이 들지 않았다.

집을 향해 조심조심 차를 몰았다. 다행히 몸이 알아서 반응했다. 운전대에 몸을 완전히 기대고 있는데도 차가 천천히 앞으로 굴러갔다. 그런데 별안간 자동차 한 대가 뒤로 바싹 따라붙는 걸 보고 깜짝 놀라 차 속도를 늦추자, 운전대를 홱 틀고는 끼어드는 것이었다. 짐작한 대로 에드워드였다. 나하고 끝장내겠다는 건가. 전쟁을 원한 건 그였다. 그는 끝까지 포기하지 않고 쫓아왔다.

집에 도착하자마자 나는 핸드 브레이크를 걸어 놓고 그의 집까지 달려갔다.

"당장 이 문 열지 못해요!" 나는 현관문을 쾅쾅 치면서 소리를 질렀다.

"당장 나오라고요!"

집 앞을 왔다 갔다 하면서 소리를 질러 대다 돌멩이를 집어서 그의 집 현관문과 창문에 대고 던졌다.

"완전히 미쳤군!" 그가 결국 집에서 나오며 소리를 질렀다.

"미친 건 바로 당신이야. 인간 말종에, 싸움꾼은 바로 당신이라고. 담판을 짓자고!"

"술주정은 다른 데 가서 하시지."

"내가 거머리보다 더 질긴 여자라는 걸 모르시는군요. 나한테 꺼지라고 하면 할수록 여기서 한 발짝도 움직이지 않을 거라고요."

"지난번에 해변에 그대로 내버려 둬야 했어."

나는 있는 힘을 다해 그를 때리고 할퀴려고 했지만, 그가 두 팔로 가볍게 막는 바람에 꼼짝도 할 수 없었다.

"디안느, 거기 가만히 있어."

어느새 펠릭스가 내 등 뒤에 다가와 소리쳤다.

그는 한 팔로 내 허리를 붙들고 번쩍 들어 올려 에드워드한테서 떼어 냈다. 나는 허공에 대고 손발을 버둥거렸다.

"날 내려 줘. 저 남자 가만히 두지 않을 거야."

"그럴 필요조차 없는 사람이야." 펠릭스가 나를 꼭 껴안으며 대답했다.

나는 뾰족한 구두 굽을 번쩍 들면서 헛발질을 해 댔다.

"이 멍청아, 네 거시기나 잘 감싸고 있으라고!" 나는 소리소리 질러 댔다.

"입 닥쳐, 이거 완전 미친 여자 아냐." 에드워드가 소리쳤다.

"입 닥쳐!"

펠릭스가 반격하는 바람에 나는 발버둥치는 걸 멈췄했다. 에드워드는 잠깐 당황한 빛을 보이다 이내 두 눈을 크게 뜨고는 어이없다는 듯 머리를 흔들었다.

"둘 다 완전 미쳤군." 그는 집으로 들어가면서 중얼거렸다.

"거기 서. 아직 끝난 거 아니니까." 펠릭스가 버럭 소리를 질렀다.

펠릭스는 나를 내려놓고 내 얼굴을 두 손으로 감쌌다.

"자, 집에 들어가 있겠다고 약속해 줘. 얌전히 있겠다고. 알았지?"

"싫어!"

"내가 다 해결할게. 침대에 가서 좀 누워 있어. 날 믿어. 다 괜찮을 거야."

그는 내 이마에 입을 맞추고는 나를 가능한 멀리 밀쳐 냈다. 나는 휘청거리며 한 발짝 내딛을 때마다 뒤를 돌아다보았다. 펠릭스와 에드워드는 그 자리에 꼼짝 않고 서 있었다. 둘이 싸우는 소리는 조금도 들리지 않았다.

집 안에 들어서자마자 기어가다시피 해서 침대 안으로 파고들었다. 펠릭스가 걱정됐지만 손끝 하나 꼼짝할 수 없을 만큼 지쳐 있었다. 술과 극도의 긴장, 그리고 온몸이 부서질 정도의 피로감이 한꺼번에 엄습해 오는 터에 더는 버틸 수가 없었다.

6

LE CONSULAT
RESTAURANT LE CONSULAT
CAFE
AUBERGE DE LA BONNE FRANQUETTE

침대에서 몸을 조금만 뒤척거려도 머리가 빠개질 듯 지끈거렸다. 눈도 잘 떠지지 않고, 눈 주위가 참을 수 없을 만큼 따끔거렸다. 입 안은 텁텁하고, 몹시 따끔거리기까지 했다. 바닥에 발을 딛기도 전에 오늘 하루가 끝없이 길 거라는 예감이 들었다. 광란의 밤을 보낸 대가가 어떻다는 걸 톡톡히 깨달은 셈이었다. 커튼을 젖히고 정신을 차려 보려고 애썼다. 집 앞에 주차해 있는 차는 누구 차지? 전날 무슨 일이 있었는지 좀처럼 생각이 나지 않았다. 입 안에 카페인이 들어가자 그제야 구멍난 기억에서 빠져 나올 수 있었다. 계단을 내려가는 데 참을 수 없을 만큼 머리가 쑤시면서 너무 괴로웠다. 소파에 누군가가 널브러져 있는 모습을 보자 뿌연 안개가 한꺼번에 걷혔다.

펠릭스!

팔과 다리가 한쪽씩 소파에서 삐져 나와 널브러져 있었다. 그는 외투도 벗지 않은 채 엄청나게 코를 드르렁거리며 잠에 취해 있었다. 얼굴은 알아보기 힘들 정도로 퉁퉁 부어 있었다.

"펠릭스, 일어나 봐" 그를 흔들어 깨웠다.

"가만 놔 둬. 더 잘 거야."

"어떻게 된 거야. 괜찮은 거야?"

"압착기가 내 위로 지나가는 줄 알았다니까."

그는 자리에서 일어나 앉아 고개를 숙인 채 머리카락을 쓸어 넘겼다.

"펠릭스, 나 좀 쳐다봐."

그가 마지못해 고개를 들었다. 눈두덩이는 찢겨지고, 한쪽 눈은 시퍼렇게 멍들어 있었다. 소파에 몸을 파묻고는 모로 누운 채 온몸이 아픈지 얼굴을 잔뜩 찡그렸다. 가까이 가서 티셔츠를 들춰 보니 멍투성이였다.

"세상에, 그놈이 널 이렇게 만든 거야?"

그제야 그는 오뚝이처럼 벌떡 일어서서 거울 앞으로 달려갔다.

"괜찮아. 그래도 여전히 난 멋지니까."

그는 거울에 얼굴을 들이밀고 살피다 한껏 뽐내듯이 알통을 만들어 보이고는 씩 이를 드러내며 웃었다.

"파남(역주: Paname, 파리를 가리키는 속어)에 돌아가면 자랑할 일이 생겼는걸."

"하나도 재미없거든. 그 남자 아주 위험한 사람이야. 이만한 게 다행이지."

그는 손을 들어 내 말을 가로막고는 얼굴을 잔뜩 찌푸리면서 다시 소파에 드러누웠다. 바보 같은 펠릭스! 성한 구석이라곤 하나도 없는 듯했다.

"그러니까 다음번엔 유배를 떠나도 제발 소인족들이 사는 곳으로 가 줘. 젠장, 누가 아일랜드 출신 아니랄까 봐. 걸음마도 아마 럭비 경기장에서 배웠을걸. 날 둘러 업고 바닥에 그대로 내동댕이치는데, 식스내이션 챔피언십(역주 : 잉글랜드, 스코틀랜드, 웨일스, 아일랜드, 이탈리아, 프랑스를 포함하는 6개국이 참가하는 정기 럭비 유니온 국가 대항전) 저리 가라더군."

"그러니까 그놈하고 한판 붙었다는 거야 뭐야?"

"진짜 경기에 출전했다니까. 관객들도 환호성을 질러 대고."

"문제는 럭비공이 바로 너였다는 거겠지. 아주 멋지군. 그놈한테 한 대 올려 줬어?"

"그게, 망설여지던걸. 너무 얼굴이 예뻐서 말이지. 상처라도 낼까 봐"

"아주 날 가지고 노시는군."

"그런가. 어쨌든 안심해. 적어도 네 명예는 지켰으니. 어퍼컷을 멋지게 올렸거든. 감히 내 키스를 거부하잖아."

"정말이야?"

"아마 오금이 저렸을걸. 입술은 터져 두 배나 부풀었지. 아니, 인심 좀 베풀어 다섯 배!"

나는 승리를 축하하며 신나게 춤을 추었다.

샤워하다가도 펠릭스의 무훈이 떠올라 웃음이 삐져 나왔다. 그는 아침 식사 내내 쉬지 않고 재잘거리며 파리 소식을 전해 주었다. 아파트를 비웠는데, 우리 부모님하고 콜랭 부모님이 짐을 다 가져가 남은 게 하나도 없다고. 북카페 재정 상태도 얘기했다. 수입은 제로인 듯했다. 언젠가 다시 일을 시작해야 할 텐데.

목욕 가운으로 몸을 감싼 채 우두커니 서 있다 깨달았다. 내가 프랑스에 돌아가고 싶어 하지 않는다는 걸. 거울 앞에 서서 얼굴을 비춰 보다 소스라치게 놀랐다. 목에 걸려 있어야 할 반지 목걸이가 보이지 않았다.

"펠릭스!"

"왜 그래?" 펠릭스가 계단을 성큼성큼 걸어 내려오며 소리쳤다.

"반지가 없어졌어."

동시에 울음이 왈칵 쏟아졌다.

"무슨 소리야?"

"어제 분명히 목에 걸고 있었어."

"걱정 마. 내가 찾아줄게. 바에서 잃어버린 게 틀림없어. 빨리 옷 챙겨 입고 가 보자."

10분 뒤, 우리는 이미 달리는 차 안에 있었다. 바 문은 굳게 닫혀 있었다. 쥬디트가 바 열쇠를 가지고 있을 게 틀림없다며 펠릭스에게 아비네 가는 길을 알려 주었다.

펠릭스는 차 안을 샅샅이 뒤지게 놔 두고, 나는 현관문을 마구 두드렸다.

"어쩐 일이에요. 어제 파티가 늦게 끝났을 텐데."

아비가 문을 열어 주면서 말했다.

"안녕하세요. 쥬디트에게 볼 일이 있어서요."

"이제 막 잠들었는데, 내가 도와줄 게 있어요?"

"바에 가 봐야 해요. 어제 저녁에 잃어버린 게 있어서요."

어느새 눈에 눈물이 고이기 시작했다.

"저런, 무슨 일인데."

"제발 절 좀 도와주세요."

아비와 잭 그리고 쥬디트가 바에 도착했을 때 나는 펠릭스의 품에 안겨 있었다. 쥬디트가 달려와 펠릭스의 얼굴을 보고 깜짝 놀랐다.

"무슨 일이에요?" 쥬디트는 퉁퉁 부은 펠릭스의 눈을 만지며 물었다. "잭, 이 사람 눈 좀 봐 줘요!"

"괜찮아요. 당신 오빠하고 가볍게 재주넘기를 했으니."

"오빠하고 뭘 했다고요?"

"남자끼리의 비밀이에요. 어쨌든 지금 말할 수 있는 건 약간의 힘겨루기를 했다는 것뿐. 그런데 지금은 그게 문제가 아니에요. 디안느 좀 돌봐줘요."

"아, 네. 알겠어요. 자, 디안느 이제 네 차례야. 말해 봐." 그녀가 바 문을 열면서 말했다.

"사람을 놀라게 했으니 아주 중요한 일이어야 해."

"아주 중요한 일이야."

바 안에 들어가자마자 나는 잠시 온몸이 마비된 듯 정신을 차릴 수 없었다.

"다 치웠네."

"다 치웠지. 오늘 저녁에 문 열어야 하니까. 아비가 깨웠을 때 막 잠이 들려던 참이었거든. 근데 정확하게 뭘 잃어버렸다는 거야?"

"보석."

나는 바닥을 샅샅이 뒤지기 시작했다.

"사람이 죽는 문제도 아닌데……. 보석이야 다시 사면 되잖아."

"안 돼!"

나는 몸을 벌떡 일으켜 세우고는 히스테리컬하게 소리쳤다.

쥬디트가 한 발 뒤로 물러섰다.

"디안느, 그러지 마. 쥬디트가 잘못한 게 아니잖아."

펠릭스가 내게 다가와 말했다.

"자, 우리 둘이 같이 찾아보자. "

우리는 각각 바의 다른 쪽으로 가서 뒤지기 시작했다. 나는 손가락에 체인이 걸리기만을 간절히 바라면서 무릎을 꿇고 손으로 마룻바닥을 샅샅이 훑었다.

"디안느." 아비가 내게 다가와 부드러운 목소리로 불렀다.

"디안느, 날 좀 봐요."

그녀가 손으로 내 팔을 붙들었다.

"지금 그럴 시간이 없어요."

"뭘 찾고 있는지 우리에게 말해 줘요. 그래야 도와줄 수 있죠."

"결혼 반지를 잃어버렸어요. 목에 걸고 있었는데."

"결혼했어?" 쥬디트가 물었다.

나는 입 밖으로 아무 말도 할 수 없었다.

"디안느가 혼자 찾을 수 있도록 가만히 두자고."

아비가 덧붙였다.

내 머릿속은 반지 생각으로 가득했기 때문에 주위에서 하는 말이 하나도 들리지 않았다. 무릎을 꿇고 손으로 바닥을 쓸면서 천천히 앞으로 기어갔다. 혹시 목걸이가 마루 틈새에 끼었을지도 몰라, 탁자와 의자를 차례로 밀치며 바닥을 손톱으로 긁어 보기까지 했다.

"쓰레기통은 어디 있어요?" 자리에서 일어서 물었다.

"거긴 내가 벌써 찾아봤어. 아무것도 없었어." 펠릭스가 대답했다.

"제대로 뒤지지 않았을 거야."

나는 바닥에 주저앉아 두 손으로 배를 움켜쥐고는 울음을 토해 내기 시작했다. 펠릭스가 내 팔을 붙들고는 토닥여 주었다. 나는 주먹으로 그의 가슴을 쳤다.

"진정해. 가만히 있어."

"말도 안 돼. 어떻게 그걸 잃어버릴 수가 있어."

"저기, 미안한데……."

"사연은 잘 모르지만, 차라리 이번 기회에 마음을 바꾸는 게 좋지 않겠어?"

쥬디트가 끼어들었다. "남편이 당신을 버리고 떠난 거라면……."

"날 버리지 않았어!"

펠릭스가 내 손을 힘껏 잡자 숨이 탁 막히는 것만 같았다. 애써 숨을 깊이 들여 마시고는 다시 펠릭스에게 기대어 흐느꼈다. 힘없이 기대어서 쥬디트를 향해 말했다.

"콜랭은…… 콜랭은 죽었어."

"끝까지 얘기해. 어서 다 얘기해." 펠릭스가 내 귀에 대고 속삭였다.

"클라라, 내 딸도 함께 죽었어."

쥬디트는 두 손으로 입을 막고는 어쩔 줄 몰라 했다. 내가 일어설 수 있도록 펠릭스가 부축해 주었다. 잭과 아비를 보지 않았지만 그들의 시선만큼은 느낄 수 있었다.

"내가 찾아줄게. 꼭 찾아줄게." 쥬디트가 약속했다.

아비와 잭이 나를 꼭 껴안아 주었다. 나는 허공만 응시하며 두 팔을 축 늘어뜨리고 있었다. 펠릭스는 내가 차에 올라갈 수 있게 부축한 다음 안전벨트까지 단단히 매 주었다. 그리고는 오두막까지 운전했다.

집에 도착하자마자 나를 침대에 눕히고는 아스피린 한 알을 삼키게 했다. 그리곤 그도 가만히 내 곁에 누워 두 팔로 안아 주었다. 시간이 어떻게 흘러가는지 느낄 수 없을 정도로 완전 탈진 상태였다.

"나, 이제 파리에 가 봐야 해. 비행기 탈 시간이야. 같이 집에 가자."

"아니. 난 여기 있을 거야."

"그럼 어쩔 수 없네. 도착해서 바로 연락할게."

내가 그에게 등을 돌리고 눕자 그가 나를 꼭 껴안아 주었다. 그에게 어떤 말도 할 수 없었다. 귓가에 그의 발걸음 소리만 웅웅거렸다. 그가 조용히 문을 닫고 나갔다.

차가 멀어지는 소리가 들렸다. 이제 또 다시 혼자였다. 콜랭과 클라라는 또다시 죽었다.

사흘째 손에 콜랭과 클라라 사진을 붙들고 거실 소파에 누워 지냈다. 쥬디트가 더블린으로 돌아가기 전 인사하러 날 찾아와 반지를 찾지 못했다고 했다.

문 두드리는 소리를 듣고 나는 발을 질질 끌고 나가 문을 열었다. 에드워드가 문턱에 서 있었다.

"당신 얼굴은 보지 않았으면 좋겠어요." 나는 문을 닫으며 말했다.

"잠깐만요." 그가 주먹으로 문을 밀면서 말했다.

"무슨 일이죠?"

"이거 받아요. 우리 집 현관문 앞에 있더군요. 그날 밤에 떨어뜨린 게 분명해요. 자, 받아요."

나는 온몸이 마비된 듯 꼼짝할 수가 없었다. 눈앞에서 내가 그렇게 애타게 찾던 반지가 흔들거리고 있는 것이었다. 나는 떨리는 손을 내밀었다. 눈에서는 뜨거운 눈물이 쉬지 않고 흘러내렸다. 에드워드가 천천히 반지를 내 손바닥에 올려 주었다. 나는 주먹을 꼭 쥔 채 그의 팔에 안겨 소리 내어 울음을 쏟아 내기 시작했다. 그가 그대로 있어 주었다.

"고마워요. 정말 고마워요. 내가 지금 당신한테 얼마나 고마워하고 있는지 모를 거예요."

순간 극도의 긴장감에서 전신이 풀리면서 구명보트를 붙들듯 에드워드에게 매달렸다. 눈물이 멈추지 않았다. 그때 에드워드의 손이 내 머리 위에 올려지고 있는 게 느껴졌는데, 그 단순한 손길이 내 마음을 진정시켜 주었다. 그러다 문득 내가 그에게 안겨 있는 걸 깨달았다.

"미안해요." 나는 천천히 그에게서 떨어지면서 말했다.

"목에 걸어요."

손이 너무 떨려서 제대로 목에 걸 수가 없었다.

"내가 도와줄게요."

그가 목걸이를 잡고 고리를 열어 내 목에 걸어 주었다. 내 손은 곧바로 반지를 찾아 더듬거렸고, 있는 힘을 다해 붙들었다. 에드워드가 뒤로 물러섰다. 그렇게 우리는 잠시 서로의 얼굴을 뚫어지게 바라보았다.

"이제 가 볼게요." 한 손을 자기 얼굴에 갖다 대면서 그가 말했다.

"커피 한 잔 하실래요?"

"아니에요. 할 일이 있어요. 다음에."

그에게 대답할 시간도 없었다. 그는 이미 자리를 떠나고 없었다.

아비와 잭을 찾아가 도와줘서 고맙다고 인사했다. 둘은 내 감정을 건드리지 않으려고 조심스럽게 행동했다. 쥬디트와는 전화로 얘기했다. 그녀는 왜 좀더 일찍 그 얘기를 해주지 않았느냐며 나무랐다. 그녀는 여전히 내게 궁금한 것이 많은 것 같았다. 정작 에드워드에게는 고맙다고 말할 용기가 나지 않았다.

바닷가에 앉아 오랜만에 맑은 공기를 마시고 있는데 어디선가 피피가 달려와 발 밑에 드러눕는 것이었다. 조금씩 추워지고 있었는데 덕분에 몸을 따뜻하게 할 수 있었다.

"근데, 피피야, 나 좀 도와줄래. 네 주인한테 뭐라고 해야 하지? 나를 또 살려 줬거든. 진짜 배은망덕한 여자라는 말을 듣고 싶지 않아서 그래. 너, 무슨 좋은 생각 없니?"

피피는 고개를 다리 사이에 파묻고 슬그머니 두 눈을 감았다.

"너도 네 주인만큼이나 말이 없구나."

"안녕하세요." 등 뒤에서 굵은 목소리가 울렸다.

"언제 와 있었어요? 안녕하세요."

"개가 귀찮게 굴면 가라고 해요."

"아니에요. 그 반대인걸요."

그의 입가에 미소가 슬며시 번졌다. 내가 혼잣말로 중얼거린 걸 처음부터 다 듣고 있었던 건 아닌지. 그는 웅크리고 앉아 가방을 바닥에 내려놓더니 사진기를 꺼냈다. 이어 담배에 불을 붙이고 말없이 내게 담뱃갑을 건넸다. 나도 한 대 꺼내 들고는 용기를 냈다.

"고맙다는 인사를 하고 싶었어요."

"괜찮아요."

"아니에요. 그래도 뭔가 사례를 하고 싶어요. 말해 보세요."

"아주 고집이 세시군요. 정 그러고 싶으면 오늘 저녁 맥주 한 잔 사세요. 바에서."

그는 다시 자리에서 일어나 바다 쪽으로 걸어가면서 툭 던졌다.

"이따 봐요."

바 주차장에 도착했을 때는 약속 시간 15분 전이었는데도, 에드워드 차가 이미 세워져 있었다. 차에서 내리다 말고 주춤거리며 속으로 중얼거렸다. 과연 그동안의 적수와 맥주를 마셔야 하는 건가. 반지를 찾아줘 고맙긴 했지만 그렇다고 모든 빚이 청산된 건 아니었다. 얼마든지 또다시 대판 다투고 끝날 수도 있는 일이었다. 바 문을 열자 맥주를 앞에 두고 신문을 읽고 있는 그의 모습이 눈에 들어왔다. 그의 곁에 바싹 다가섰는데도 눈치채지 못하는 것 같았다.

"이번에도 신문을 손에서 빼내야 하나요?" 내가 먼저 말을 걸었다.

"이제 기가 한풀 꺾인 줄 알았는데."

"절 잘 모르시네요."

그는 바 주인에게 빈 잔을 내밀며 두 잔을 새로 주문했다. 내가 어떻게 하기도 전에 그가 이미 맥주값을 지불해 버렸다. 쥬디트가 경고했었다. 자기 오빠는 마초라고.

내 앞에 떡하니 놓여 있는 기네스 잔을 보니 도전장이라도 받은 듯 마음이 불편해졌다. 아일랜드 사람들이야 다들 이걸 마시겠지만 나는 아일랜드 여자가 아니었다. 기네스 맛이 아주 형편없을 거라고 굳게 믿고 있는 소심한 파리지앵일 뿐이다. 아일랜드 산 싸구려 포도주 피케트도 견뎠는데, 기네스 그래프트쯤이야 괜찮겠지. 어쨌든 지금으로선 선택의 여지도 없었다. 까다로운 여자처럼 굴고 싶진 않았다.

"뭘 위해 건배하죠?" 내가 작게 물었다.

"휴전 협정을 위해."

나는 잔을 들고 한 모금 홀짝거렸다.

"맛이 꽤 괜찮은데…… 커피향이 살짝 배어 있는 것도 같고…….”

“저, 미안하지만 방금 뭐라고 했어요. 불어로 말해서 못 알아들었어.”

“아니에요. 그냥 혼잣말한 거예요.”

둘 사이에 긴 침묵이 이어지면서 분위기가 뭔가 어색해졌다.

“오늘 찍은 사진은 마음에 드세요?”

“아니오. 그저 그래요.”

“항상 같은 것만 찍는데 지루하지 않아요?”

“전혀 같지 않아요.”

그는 사진에 대해 꽤 진지하게 설명하기 시작했다. 나도 모르게 조금씩 그의 얘기에 빠져들었다.

“사진으로 밥벌이가 되나요?”

“순전히 밥벌이를 위해 찍던 시절도 있었죠. 하지만 지금은 가능한 한 내가 원하는 것을 찍으려고 노력해요. 그런데 당신은 파리에서 무슨 일을 했어요?”

나는 크게 한숨을 내쉬고는 맥주를 한 잔 더 시켰다. 이번에는 내 손놀림이 더 빨랐다. 채 2시간도 안 되었는데 나는 기네스 맥주 마니아가 되어 버렸다. 단숨에 한 잔을 들이켜고 나서 입을 열었다.

“북카페를 경영했어요.”

"남편하고요?"

"아뇨. 콜랭은 카페 여는 것만 도와줬고, 펠릭스가 동업자였어요."

"뭐라고요? 나하고 한바탕 격투를 벌인 그 허수아비 친구 말인가요?"

"네. 근데 그 허수아비가 당신한테도 꽤 기억할 만한 흔적을 남긴 걸로 아는데."

나는 손가락으로 에드워드의 입가에 난 상처를 가리키며 말했다. 펠릭스가 자신의 업적을 다소 과장한 면이 있긴 했지만.

"둘 다 바보 같았죠." 그가 미소 지으며 말했다. "그러니까 그 친구가 지금도 북카페를 경영하고 있다는 건가요?"

"네. 1년 반째. 지금은 혼자서 일하고 있어요."

"거의 파산 직전이겠는걸요. 아닌가요? 그 친구가 친절하지 않다는 게 아니에요. 다만 그다지 훌륭한 매니저나 경영인 같아 보이지 않아서."

"맞는 말이긴 해요. 나한테도 책임이 있죠. 내가 전혀 돕질 못했으니. 콜랭과 클라라가 죽기 전에도 열심히 일하진 않았지만."

"언젠가는 파리로 돌아가야겠군요. 파리 한복판에 북카페를 갖고 있는 건 엄청난 행운이니까요."

나는 애써 그의 눈길을 피했다.

둘이서 나란히 바에서 나와 동시에 담배에 불을 붙였다. 화해를 위한 담배였다. 이어 그는 나를 차 있는 데까지 배웅해 주었다.

나는 한참 있다가 시동을 켰다. 오늘 하루의 일이 놀라울 뿐이었다. 클랙슨 소리에 정신이 번쩍 들었다. 에드워드 차가 내 옆으로 다가왔다. 차 유리를 내리자 그가 내게 말했다.

"제가 먼저 갈게요." 그가 살짝 미소 지으며 말했다.

"그러세요."

그는 쏜살같이 달려갔다. 이웃집에 켜 있는 불빛이 더 이상 나를 불안하게 하지 않는다는 사실이 신기할 뿐이었다.

둘이 화해한 그날 이후 그와 종종 마주쳤다. 해변에서, 아비와 잭의 집에서, 그리고 이따금씩 바에서.

그날은 에드워드가 사진을 찍는 동안 피피를 데리고 바닷가를 거닐었다. 그가 갑자기 사진 장비들을 챙기기 시작했다.

"뭐하세요?"

"비 맞지 않으려고 들어갑니다."

"겁쟁이시네요."

그가 내게 미소 지어 보였다.

"당신도 그래야 할 것 같은데."

"그냥 하는 소리죠? 먹구름도 별로 많지 않고."

"여기 온 지 6개월이나 되었는데도 여전히 이곳 날씨를 잘 모르는군요. 장담하건대 곧 엄청난 폭우가 쏟아질 거예요."

그는 집 쪽으로 걸어가며 뒤돌아보지 않고 한 손을 높이 들어 흔들었다. 피피는 우리 둘 사이에서 갈팡질팡했다. 내가 막대기를 멀리 던지자 내게 달려왔다.

놀이는 오래 지속되지 못했다. 한 시간도 채 지나지 않아 굵은 빗방울이 후드득 떨어지기 시작했다. 피피를 앞세우고 별장 쪽으로 정신없이 달리기 시작했다. 그러면서 속으로 담배를 끊어야겠다고 생각했다. 숨이 차서 빨리 달릴 수가 없었다. 현관문이 열려 있는 걸 보고는 피피가 재빨리 뛰어 들어갔다. 반사적으로 나도 무작정 그 뒤를 따라 들어가다 에드워드와 마주치는 바람에 깜짝 놀랐다.

"잡아먹지 않을 테니 들어오세요."

"아니에요. 집에 가볼게요."

"아직 충분히 젖지 않았나 봐요?"

나는 고집을 부리며 버텼다.

"자, 일단 안으로 들어와 옷 좀 말려요."

그는 이층으로 올라갔다. 집 안은 여전히 작업 현장처럼 어수선했다. 나는 곧바로 벽난로 불 앞으로 다가가 두 손을 내밀었다. 선반 위에 놓여 있는 사진들이 눈에 들어왔다. 뭐라나 바닷가를 배경으로 한 여자가 포즈를 취하고 있었다. 에드워드가 찍은 사진인가? 작가의 솜씨가 돋보이는 멋진 사진이었다.

"이거 입어요." 그가 등 뒤로 다가와 말했다.

나는 스웨터와 함께 그가 내민 커피 잔을 받아들었다. 두 손으로 머그잔의 따뜻한 열기가 전해졌다. 나는 장작불에 더 가까이 다가가 좀 전의 사진을 뚫어지게 바라보았다.

"그렇게 서 있지 말고 앉아요."

"이거 직접 찍은 사진들이에요?"

"네. 여기 와서 살기 얼마 전에 찍은 사진이에요."

"이 여자 누구에요?"

"누구도 아니에요."

나는 뒤돌아 벽난로에 기대섰다. 그는 소파에 앉아 있었다.

"여기서 언제부터 살았는데요?"

그는 낮은 탁자 위로 몸을 굽혀 담배 하나를 집어 들었다. 담배에 불을 붙인 뒤 두 무릎에 팔꿈치를 괴고 수염을 쓸어내렸다.

"5년 됐어요."

"왜 더블린을 떠났어요?"

"심문하는 거예요?"

"아……아니에요……. 미안해요. 그냥 궁금해서."

나는 스웨터를 벗었다.

"왜요?"

"비가 그쳤네요. 너무 오래 괴롭히지 않으려고요."

"내가 왜 지금 같은 은둔자가 되었는지 알고 싶다는 거죠?"

나는 다시 스웨터를 걸쳤다. '네' 라는 긍정의 답인 셈이었다.

"솔직히 더블린을 떠난 건 도시에서 사는 게 너무 힘들어져서예요."

"쥬디트가 그러던데요. 거기서 잘 지냈다고. 여동생 가까이 사는 걸 좋아했을 것 같은데 아닌가요?"

"삶에 변화를 줄 필요가 있었죠."

그는 입을 꾹 다물고 있다가 자리에서 벌떡 일어섰다.

"저녁 같이 먹을래요?"

조금 의아하긴 했지만 그의 제안을 받아들였다. 그는 가스레인지 가까이 가더니 내게 접근 금지 명령을 내렸다.

식사하는 동안 그는 여동생과 부모님, 고모와 고모부 얘기를 했고, 나는 부모님과 갈등이 전보다 심해졌다는 말까지 털어놓았다. 그는 콜랭과 클라라에 대해서는 한 마디도 묻지 않았다.

얼마 뒤 나는 피로가 한꺼번에 몰려와 피곤한 표정을 지었다.

"저한테 약하다고 하더니 많이 피곤한가 봐요?" 에드워드가 물었다.

"이제 가 봐야겠어요."

그가 현관까지 배웅해 주었다. 복도 마룻바닥에 여행 가방이 놓여 있었다.

"어디 가세요?"

"내일 아침 벨파스트에 촬영갈 일이 있어서요."

"피피는 어떻게 하실 건데요?"

"데리고 있고 싶어요?"

"괜찮다면."

"그렇게 해요. 당신을 무척 따르던데."

문을 열고 휘파람으로 피피를 부르자 쪼르르 내게 달려왔다. 에드워드가 그를 툭툭 치며 등을 쓸어 주었다. 나는 몇 걸음 내딛다 뒤돌아보며 물었다.

"언제 돌아오죠?"

"8일 후에."

"네. 잘 자요."

오늘은 하루 종일 날씨가 형편없었다. 피피와 나는 창밖으로 코도 내밀지 않고 몇 시간이고 요리를 하며 보냈다. 왜 갑자기 요리가 하고 싶어졌는지 모르겠다. 남은 음식은 피피가 책임질 테니 마음도 한결 가벼웠다. 그는 살아 있는 쓰레기통 역할을 톡톡히 해냈다.

가스레인지 위에서는 스튜가 뭉근히 끓고 있었고, 나는 소파에 편안하게 몸을 눕힌 채 쉬고 있었다. 탁자에는 와인 잔이 놓여 있고, 피피는 내 발 밑에 누워 있었다. 피아노 연주 음반을 틀어놓고 나는 제이 맥클러니(역주: Jay McInerney, 미국의 인기 작가)의 소설 『아름다운 인생』에 푹 빠져 있었다. 그때 갑자기 현관문 두드리는 소리가 났다. 피피는 짖지도 않고 꼼짝하지도 않았다. 그도 나만큼이나 모처럼의 평화로움을 방해받고 싶지 않았던 것 같다. 어쩔 수 없이 나는 일어나 문을 열었다. 뜻밖에도 에드워드가 문 밖에 서 있었다.

"잘 있었어요?"

"오늘 오는지 몰랐어요."

"다시 갔다 올까요?"

"바보 같은 소리 말고 들어오세요."

그가 나를 따라 거실로 들어왔다. 피피가 잠깐 반갑다는 환영식을 치러 주곤 곧바로 자기 자리로 돌아가 앉았다. 에드워드는 주위를 둘러보았다.

"주인 행세하시는 거예요?" 내가 물었다.

"그런 거 절대 아닌데. 여기 들어와 본 지가 너무 오래 되어서"

"원하시는 대로. 자기 집이라 생각하고 편하게 계세요."

"감히 그럴 순 없죠."

"한 잔 할래요?"

"주면 고맙죠."

부엌에 들어서니 조금 전 가스레인지에 올려놓은 스튜 냄비가 눈에 들어왔다. 아무 생각 없이 3인분을 준비해 혼자 먹기에는 너무 많았다. 갑자기 몸이 휘청거리는 바람에 얼른 오븐에 등을 기댔다.

"괜찮아요?" 그가 물었다.

"저녁 같이 하실래요?"

"글쎄요."

나는 담배에 불을 붙이고 바다가 내려다보이는 베란다 창 앞으로 갔다. 이미 날이 어두워져 아무것도 보이지 않았다.

"1년 반 만에 처음 요리를 했어요. 어처구니없게도 예전에 가족을 위해 준비하던 양만큼 준비했지 뭐예요. 군대 전부가 다 먹어도 될 정도예요. 같이 먹었으면 좋겠어요."

"거절하면 예의가 아니겠는데요."

"고마워요." 나는 머리를 숙이고 대답했다.

저녁을 먹으며 에드워드는 지난 일주일 동안 어떻게 지냈는지 얘기해 주었다. 나는 나대로 피피가 종종 사라지는 바람에 애먹었던 얘기를 해주자 그가 깔깔거리며 재미있어 했다. 나는 문득 마치 높은 곳에 올라서서 지금 벌어지는 장면을 내려다보고 있는 느낌이 들었다. '거지 같은 이웃'이라고 투덜대던 남자와 내가 기꺼이 즐거워하며 식사를 하고 있는 것이었다. 몇 주 전만 해도 상상할 수 없는 초현실적인 장면이 아닐 수 없었다.

커피 머신을 켜 놓고 거실로 돌아와 보니 에드워드는 입에 담배를 물고 거실 한가운데 서 있었다. 그가 손에 뭔가를 들고 있었는데, 잘 보이지 않았다.

"예쁜 가족이네요."

그의 손에는 사진 한 장이 들려져 있었다. 사고 나기 몇 주 전 콜랭, 클라라와 함께 찍은 가족 사진이었다.

"콜랭과 클라라예요." 내가 말했다.

그는 내게 사진을 돌려주고는 곁에 다가와 웅크리고 앉았다.

"아이가 당신을 닮았군요." 사진 속 클라라를 손가락으로 쓰다듬으며 그가 말했다.

"그래요?"

"이제 쉬세요."

그는 모자가 달린 점퍼를 입고는 휘파람을 불어 피피를 앞장세우고는 현관 쪽으로 걸어갔다.

"3일 후에 아란 섬으로 사진 찍으러 가요." 그가 말했다.

"피피 돌봐 드릴까요?"

"아니에요. 저하고 같이 가요."

"네?"

"같이 가요. 후회하지 않을 거예요."

그는 불쑥 그 말만 하고는 돌아갔다.

7

LE CONSULAT
RESTAURANT LE CONSULAT
CAFE
AUBERGE DE LA BONNE FRANQUETTE
LA BONNE FRANQUETTE

나는 오래 망설일 것도 없이 그의 제안을 받아들였다. 우리는 떠나기 전, 의아한 눈길을 던지는 아비와 잭에게 피피를 맡겼다.

차 안은 물론 섬으로 가는 배 안에서도 긴 침묵의 시간이 이어졌다. 그와 함께 있으면서 꼭 해야 할 말이 있을 때만 얘기를 나누는 법을 배웠다고 할까.

섬에 도착하자마자 그는 빛이 적당해서 사진 찍기 아주 좋은 장소라며 나를 섬의 끝자락으로 데리고 갔다. 세상에! 높은 곳을 죽도록 무서워하는 내 발밑으로 90미터도 넘는 아찔한 낭떠러지가 펼쳐져 있었다. 머릿속이 하얗게 지워지면서 그를 따라온 게 후회되기 시작했다.

"이곳을 보여 주고 싶었어요. 평화로워 보이지 않나요?"

끔찍할 정도로 무섭다고 말하고 싶었다.

"세상에서 혼자만 떨어져 나와 있는 것 같아요."

"내가 이곳에 오는 걸 좋아하는 이유도 바로 그 때문이죠."

"적어도 이웃한테 방해받을 일은 없겠네요."

순간 두 눈이 마주치면서 속으로 많은 말들이 오갔다.

"사진을 좀 찍을게요. 당신은 이 자리에서 이 섬의 전통 의식을 거행해 보세요."

"무슨 말이죠?"

"이곳에 오는 사람들은 다들 배를 땅에 대고 엎드려 저 허공 아래를 내려다본답니다. 한번 해보세요."

그 말만 남기고 그는 내게서 조금 떨어지려고 했다. 나는 깜짝 놀라 그의 팔을 붙들었다.

"지금 농담하시는 거 아니죠?"

"무서워요?"

"아뇨. 그런 건 아닌데. 전혀. 그 반대인걸요."

나는 살짝 뾰루퉁한 말투로 대답했다.

"이런 강렬한 느낌을 좋아해요."

"그럼 한번 즐겨 보세요."

내게 도전장을 내밀듯 이번엔 정말로 그가 자리를 떠났다. 나는 담배에 불을 붙이고 무릎을 꿇었다. 벼랑 끝에 도달하려면 해병대 훈련을 받듯 기어가는 수밖에 없었다. 목표 지점 가까이에 도착하자 온몸이 마구 떨리기 시작했다. 비명도 내지르지 못할 정도로 바싹 긴장이 되면서 모든 근육들이 마비되는 것 같았다. 몸을 일으켜 물러설 수도, 사진을 찍고 있는 에드워드 쪽으로 고개를 돌릴 수도 없었다. 그랬다간 낭떠러지로 떨어질 것만 같았다. 그의 이름을 속으로 부르며 그가 달려와 주기만을 기다렸지만 아무 소용이 없었다.

"에드워드, 제발, 빨리 와 줘요." 입에서 결국 신음소리가 새어 나왔다.

그리고는 몇 분이나 지났을까. 끔찍할 정도로 긴 시간이 흐른 것만 같았다.

"거기서 아직까지 뭘 하고 있는 거예요?"

"지금 여유롭게 차 마시고 있는 거 안 보여요?"

"혹시 고소공포증 같은 거 있어요?"

"네."

"그런데 왜 해보겠다고 했어요?"

"지금 그게 뭐 중요해요. 어떻게 뭐라도 좀 해봐요. 내 발을 끌어당겨 줘요. 저를 여기 이대로 두지 말아요."

"제게 너무 많은 걸 기대하시네요."

세상에, 그가 내 옆에 나란히 엎드려 눕는 것이었다.

"지금 뭐해요?"

그는 말없이 다가와 한쪽 팔을 내 등에 갖다 대더니 그대로 나를 끌어안는 것이었다. 나는 여전히 꼼짝하지 않았다.

"나하고 좀 더 앞으로 가 봐요." 그가 부드럽게 말했다.

"싫어요." 나는 숨을 몰아쉬며 말했다.

그가 벼랑 끝 쪽으로 몸을 움직이려는 걸 알아채고는 깜짝 놀라 그의 목에 바싹 머리를 들이밀었다.

"떨어질 거 같아요."

"내가 꼭 붙들고 있을게요."

나는 천천히 얼굴을 들어보았다. 훅 하고 찬바람이 얼굴을 후려쳐 머리카락이 사방으로 휘날렸다. 가만히 두 눈을 뜬 채, 집채 만한 파도가 절벽에 부딪치는 모습을 보고 있으니 점차 심연 속으로 빨려 들어가는 느낌이 들었다. 에드워드가 나를 더 꼭 붙들어 주었다. 나는 눈을 깜박거리며 내 몸을 그에게 맡겼다. 오히려 체념하고 나니 차츰 몸이 풀어졌다. 그제야 에드워드 쪽으로 머리를 돌릴 수 있었다. 그는 나를 똑바로 응시하고 있었다.

"뭐라고요?" 내가 그에게 물었다.

"눈앞에 펼쳐진 장관을 즐겨 보라고요."

그를 쳐다보고는 다시 아래를 내려다보았다. 그가 일어나 내 허리를 잡고 일으켜 주었다. 내 입가에 잔잔한 미소가 번졌다.

"이제 돌아갈까요?" 그가 내 허리께에 손을 얹으며 말했다.

그날 저녁 시간은 항구의 바에서 보냈다. 숙소로 돌아오는 길에, 그에게서 다음 날은 일찍 일어나 해돋이를 찍을 계획이라는 얘기를 들었다.

나는 침대에서 일어나 기지개를 켰다. 오랜만에 아기처럼 깊이 잠을 잘 수 있었다. 날은 이미 훤히 밝아 있었다. 내 방 문 아래에 메모가 놓여 있었다. 섬 사진 엽서였는데, 그 뒤에 오늘 사진 작업을 하는 장소가 적혀 있었다.

펜션 주인이 내게 푸짐한 아침 식사를 가져다 주었다. 그는 내가 아침을 먹는 동안 옆에 앉아 에드워드 혼자 이곳에 와서 지내던 때의 얘기를 들려주었다.

그러면서 에드워드가 혼자 작업하는 곳이 어디인지 알아 낼 수 있었다. 한 시간 넘게 벌판을 가로질러 걸어가자 청록색의 바다가 눈앞에 펼쳐졌다. 멀리서 손에 사진기를 들고 있는 그를 발견했지만, 작업하는 데 방해가 될까 봐 가까이 가지 않았다. 한 손에 모래를 쥐었다 폈다 하면서 장난을 치는데, 왠지 마음이 가벼워지면서 기분이 좋아졌다. 삶은 내게 다시 살아야 할 권리가 있다고 속삭이고 있었고, 나는 더 이상 반항하고 싶지 않았다.

에드워드가 어깨에 가방을 메고, 입에 담배를 문 채 바닷가를 거슬러 걸어오고 있었다. 내가 있는 곳까지 와서는 옆에 자리를 잡고 앉았다.

"잠꾸러기 모르모트께서 일어나셨군요?"

나는 미소를 지으며 고개를 숙였다. 그가 가까이 다가오는 게 느껴졌다. 그는 입술을 내 관자놀이에 부드럽게 갖다 대며 인사했다.

"상쾌한 아침이에요." 나는 아무렇지도 않은 듯 대답했지만 속으로는 무척 당황하고 있었다.

"사진은요?" 나는 얼른 대화 주제를 돌렸다.

"인화해 봐야죠. 그 전엔 잘 몰라요. 오늘 작업은 끝났어요. 좀 걸을래요?"

그가 자리에서 일어서며 물었다. 나는 그를 향해 얼굴을 들어 보였다. 그의 얼굴을 뚫어지게 바라보는 순간, 나도 모르게 그의 팔을 붙들고 싶어졌다. 그도 동시에 나를 자기 쪽으로 바싹 끌어당겼다. 처음으로 그에게서 보호받는 느낌이 들었다. 내 마음을 들킨 것 같아 얼굴이 화끈 달아올랐다. 잠시 후 바다를 향해 걸어가다 뒤를 돌아다보니 에드워드가 내 뒤를 따라 걸어오고 있었다. 그를 향해 미소를 지어 보이자 그가 내게 같은 미소로 답해 주었다.

한나절 넘게 자고 일어났는데도 여전히 피로가 풀리지 않았다. 자리에서 일어서면 그대로 쓰러질 것만 같았다.

"내일은 무슨 계획이 있어요?" 나는 방문에 기대 선 채 그에게 물었다.

"다른 섬에 가려고 배를 빌려 놓았어요."

"따라가도 돼요?"

그가 슬그머니 웃으며 두 손으로 자기 얼굴을 쓸어내렸다.

"아니에요. 짐이 될 것 같네요." 방 문을 열면서 그에게 대답했다.

"안 된다고 말하진 않았는데."

그는 입가에 엷은 미소를 지으며 말했다.

"같이 갑시다. 그런데 새벽에 일어나야 해요." 그의 입가에 엷은 미소가 스쳐 지나갔다.

"저기요, 저도 일찍 일어날 수 있거든요."

"그럼, 내일 여섯 시에 데리러 올게요."

오후에 그랬던 것처럼 그는 다시 한 번 내 관자놀이에 입맞춤을 했다.

알람시계만으로는 안심할 수가 없어 휴대전화로 알람을 맞춰 놓았다. 알람 두 개가 동시에 울리는 바람에 나는 침대에서 벌떡 일어났다. 잠깐 눈을 붙인 것 같은데. 샤워기 아래 서니 너무 피곤해 그대로 쓰러질 지경이었다. 여섯 시 정각, 몽롱한 상태로 문을 열었다. 눈을 반쯤 감은 채 올려다본 에드워드는 바다에서 갓 건져 낸 잉어처럼 팔팔했다.

"당신은 어느 별에서 오셨나요?" 나는 잠에서 덜 깬 목소리로 물었다.

"저는 워낙 잠이 별로 없어요."

"혹시 배에 침낭 있어요?"

자기를 따라오라고 그가 손짓했다. 현관문에 기댄 채 오늘 하루를 어떻게 버틸 수 있을까 걱정하고 있는 동안 그가 부엌에 잠깐 들어갔다 나왔다.

"자, 받아요." 그가 불쑥 손을 내밀었다.

커피가 가득 담긴 보온병이었다. 두 눈이 번쩍 떠졌다.

"이거 내가 생각했던건데!"

"조금씩 당신을 알 것 같아서요."

"세상에, 너무 고마워요."

항구에 도착했을 때는 오늘 하루 필요한 양만큼의 카페인을 공급받아선지 거짓말처럼 머리가 말끔히 개어 있었다. 멀리서 트롤망을 끌어올리는 소리가 들려왔다. 쉼 없이 깜빡이는 고깃배들의 불빛에 의지해 희뿌연 밤안개 너머를 가늠할 수 있었다.

저 배들 중 우리가 타게 될 배도 있을 텐데. 코발트색 장화에 노란 우비만 갖추면 바다를 항해하는 멋진 파리지앵처럼 보이지 않을까. 에드워드가 선원들하고 인사를 나누는 걸 보며 나는 뒤로 한 발 물러서 있었다. 다들 입에 담배를 물고 있었고, 얼굴에는 파란만장한 삶의 흔적들이 깊이 새겨져 있었다. 그들의 강한 체력과 기질이 그대로 느껴졌다. 선원들이 동시에 내 쪽으로 고개를 돌리자 얼굴이 화끈 달아올랐다. 에드워드가 가까이 오라고 손짓했다. 배에 오를 시간이었다.

"당신은 선장실에 가 있어요." 그가 말했다.

"당신은요?"

"저 사람들하고 있을게요."

"그러세요."

"내가 올 때까지 가만히 있어요. 아무것도 만지지 말고, 아무 말도 하지 말고."

"알았어요. 가만히 있을게요."

"그런 말 몰라요? 여자를 배에 태우면 재수가 없다는. 당신을 배에 태우는 게 좀 쉽지 않았거든요. 미리 양해를 구하지 않아서요."

"뭐라고 설득했는데요?"

그는 잠시 나를 지긋이 쳐다보더니 두 손으로 자신의 얼굴을 쓸어내렸다.

"특별한 건 없어요."

그게 전부였다. 배에서 내리면서 그는 내게 살짝 미소 지어 보였다. 항해 중 아무 문제도 일으키지 않고 얌전히 있어 줘서 고맙다는 듯.

아침나절은 항구에서 트롤선 어부들과 보낸 뒤 우리는 해변 쪽으로 걸어갔다. 해변이라기보다는 벼랑으로 둘러싸인 작은 만이었다. 에드워드는 곧바로 사진 작업에 몰두했고, 나는 바위 뒤를 돌아보러 갔다. 바위를 타고 꼭대기에 올라가 보니 푸른 바다가 끝없이 펼쳐져 있었다. 널찍한 바위에 두 눈을 감고 누워 있으니 따사로운 햇살이 내 몸을 덥혀 주었다. 모처럼 온전한 위로의 시간을 만끽할 수 있었다.

등 뒤에서 에드워드가 나를 불렀다.

"디안느!"

"네?" 그를 향해 고개를 돌리는 순간, '찰칵' 그는 방금 나를 찍은 사진을 보며 흡족한 미소를 짓고는 이내 다른 곳으로 사라졌다. 나는 바위에서 내려와 그에게 매달렸다.

"지금 찍은 거 빨리 보여 줘요."

"이건 작가의 재산이에요." 그가 사진기를 번쩍 들어 올리며 대꾸했다. 나는 사진기를 잡으려고 그의 주위를 맴돌며 펄쩍펄쩍 뛰었지만 소용이 없었다. 그러다 결국 모래 위에 주저앉았다.

"언젠가 보여 줄 거죠?" 내가 물었다.

"착하게 굴면."

그가 옆에 사진기를 내려놓는 걸 보고는 얼른 집어 들었다. 그리고는 그를 넘어 달아났다. 숨 돌릴 시간을 확보하고는 사진기를 이리저리 돌려보았다.

"이거 어떻게 켜요?"

"이렇게요."

에드워드는 어느새 내 등 뒤에 바싹 다가와 있었다. 그는 뒤에서 두 팔로 나를 감싸안은 채, 내 손을 붙들고 작동하는 법을 일러주었다. 사진기 모니터에 불이 들어왔다.

"정말 지금 보고 싶어요?" 그가 내 귀에 대고 속삭였다.

"하나만 약속하면 기다릴게요."

"어서 말해 봐요."

"같이 사진 한 장 찍고 싶어요."

"그건 힘든데."

"작가님께서는 본인의 모습이 찍히는 게 두려우신 건가요?"

그는 아무 대답 없이 카메라 렌즈 조절기를 만지작거렸다. 내 어깨 위로 숙인 그의 얼굴에 뭔가를 깊이 생각하는 표정이 어렸다. 그러다 한 팔을 들어 올리더니 불쑥 내게 기대는 것이었다.

나는 그의 두 팔 안에서 뒤로 돌아섰다. 그리고는 얼른 두 손으로 그의 입을 양쪽으로 길게 끌어당겼다.

"에드워드, 거 봐요. 얼마든지 환하게 웃을 수 있잖아요! 자, 이제 찍어 보세요."

그가 그렇게 즐거워하는 모습을 보는 건 처음이었다.

그는 나를 등에 업은 채 여러 장을 연속해서 찍었다. 내가 등에서 심하게 요동치는 바람에 결국 둘 다 넘어지고 말았다. 나는 재빨리 그의 손에서 사진기를 빼앗아 달아났다. 뒤를 돌아보자 그는 꼼짝하지 않고 나를 계속 쳐다보고 있는 것이었다. 그러더니 자리에 앉은 채 담배를 입에 물고 먼 허공을 응시했다. 나는 그 찰나의 순간을 놓치지 않고 영원의 순간으로 포착할 수 있었다. 기적이 일어난 건 아닐까. 나는 그에게 다가갔다.

"이 사진 어때요? 전문가의 눈으로 평가해 주세요."

그는 담배를 한쪽 입가에 물고는 카메라를 조심스럽게 받아 들었다. 이어 고개를 숙이고는 한참을 들여다보았다. 자신이 피사체가 된 걸 알고는 나를 향해 두 눈을 들었다.

"자, 이리로 와 봐요."

그가 두 다리 사이에 작은 공간을 마련하고는 내게 말했다. 내가 그의 품으로 미끄러지듯 파고들자 그가 나를 두 팔로 끌어안고는 모니터를 내게 가까이 가져다 댔다.

"첫 작품 치고는 아주 훌륭해요."

"그런데 여길 잘 봐요. 뭔가 부족한 게 있죠……."

내 귀에는 더 이상 아무 말도 들리지 않았다. 넋을 놓고 그를 바라볼 뿐이었다. 바람에 휘날리는 그의 머리칼, 사흘 내내 깎지 않은 까칠한 수염, 그리고 그의 눈 색깔을 다시 발견할 수 있었다. 처음으로 그의 냄새를 맡을 수 있었다. 향기로운 비누 냄새에 시큼한 담배 냄새가 뒤섞여 있었다. 갑자기 가슴 속 깊이 알 수 없는 애틋함이 일어 눈을 감지 않고는 견딜 수 없었다.

"마지막으로 다시 하나 찍어 볼까요."

그의 말에 눈을 뜨자 두 눈이 마주쳤다. 그는 잠시도 내게 눈을 떼지 않은 채, 사진기를 바닥에 내려놓고 두 손을 내 뺨에 가만히 갖다 댔다. 얼굴에 닿은 그의 손바닥에서 온기가 전해졌다.

"항구로 돌아갈 시간이에요. 배가 우리를 기다려 주진 않을 테니."

그의 목소리가 평소보다 굵게 울렸다. 그가 자리에서 일어나 카메라를 챙기고는 나를 일으켜 세워 주었다. 돌아오는 길 내내 우리는 두 손을 꼭 잡고 걸었다.

"일어나요. 다 왔어요." 에드워드가 귓가에 대고 속삭였다.

그가 내 뺨을 부드럽게 어루만졌다. 배에서 그의 어깨에 기대고 있었는데 언제 잠이 들었는지, 얼굴을 그의 등에 대고 부비는데 기분이 너무 좋았다. 꽤 늦은 시간에 펜션에 도착했는데도 주인이 요기를 하라며 음식을 챙겨 주었다. 에드워드는 자기 집처럼 편안하게 행동했다. 우리는 따뜻하게 데운 음식을 안주 삼아 함께 술을 마셨다. 나는 낮은 탁자 앞에 놓여 있는 둥근 앉은뱅이 의자에 기댄 채, 가만히 그를 올려다보았다.

"내일은 뭐라니로 돌아가는 날이네요. 잊고 있는 건 아니죠?"

저녁을 먹은 뒤 둘이 밖으로 나와 담배를 피워 물고는 에드워드가 물었다.

"까맣게 잊고 있었어요." 순간 가슴이 죄어 오는 느낌이었다.

"괜찮아요?"

"여기 오니, 모든 게 평화롭고 자유로워요. 돌아가고 싶지 않은걸요."

"자, 시간이 너무 늦었어요. 이제 자야죠." 그가 현관문을 열어 붙들어 주었다. 그리고는 내 방까지 배웅해 주었다. 나는 뒤돌아서다 깜짝 놀랐다. 그가 너무 가까이 서 있는 것이었다. 한 손을 내 키 높이만큼 벽에 짚은 채 머리를 숙이고 있었다.

"지난 사흘 동안 정말 고마웠어요." 내가 말했다.

"같이 지내서 저도 즐거웠어요." 그의 눈이 나를 뚫어지게 바라보고 있었다. 가슴이 마구 뛰기 시작했다. 그가 가까이 다가와 내 이마에 입술을 가만히 대고 인사를 하는 듯하더니, 잠시 입술을 떼지 않고 멈췄다. 온몸이 그대로 마비되는 것만 같았다. 어느새 내 손이 그의 셔츠를 잡아당기고 있었다. 그가 가볍게 내 어깨를 붙들고는 고개를 숙였다. 나는 더 이상 호흡을 조절할 수가 없었다. 뱃속이 바싹 오그라드는 느낌이었다. 그의 입술이 처음으로 내 입술 위를 살짝 스쳐 지나갔다. 그리고는 다시 왔다. 이내 나를 와락 끌어안고 깊이, 그리고 오래도록 입을 맞추었다. 잠시 후 뒤엉켰던 두 입술이 떨어졌을 때, 그가 자기 이마를 내 이마에 대고는 내 뺨을 어루만졌다.

"제발 나를 멈추게 해줘요." 그가 내게 속삭였다.

나는 고개를 떨구었다. 그러자 그의 셔츠를 여전히 꽉 움켜쥐고 있는 내 손이 눈에 들어왔다. 모든 감각들이 제각각 되살아나며 아우성치고 있었지만 진정시켜야 했다. 어쩔 수 없이 꽉 움켜쥐고 있는 내 손가락을 하나씩 풀기 시작했다. 그러면서 서서히 그에게서 빠져 나왔다. 그는 내가 하는 대로 그대로 내버려 두었다. 너무도 쉽게.

"미안해요." 그가 말했다.

"나는……."

손가락을 그의 입술에 슬며시 대고 내가 말했다.

"오늘밤은 여기서 멈추는 게 좋겠어요."

그의 입술에 가만히 입맞춤의 인사를 한 뒤 내 방 안으로 들어갔다. 문을 닫기 전에 뒤돌아보니 그는 내 눈을 끝까지 응시하고 있었다.

"잘 자요." 나는 낮은 목소리로 속삭였다.

그는 한 손으로 얼굴을 쓸어내리며 미소짓고는 두 발 뒤로 물러섰다. 나는 방문을 닫고 문에 기댄 채 잠시 멍하니 서 있었다. 그제야 두 다리가 마구 떨리고 있다는 걸 깨달았다. 주변의 작은 소리들에 귀가 쫑긋했다. 계단을 내려가는 그의 발걸음 소리가 들렸다. 슬며시 내 입가에 미소가 번졌다. 의심할 여지도 없이 지금쯤 담배를 입에 물고 있겠지.

나는 몽롱한 정신을 겨우 가다듬으며 침대 시트 속으로 파고들어 갔다. 어둠 속에서 손가락을 내 입 위에 올려보았다. 감미로운 그의 입술의 감촉이 그대로 남아 있었다. 한 발 더 나갈 수 있었지만 그러지 않았다. 서두르고 싶지 않았다. 침대 한가운데 편안히 드러누웠다. 눈꺼풀은 무거웠지만 방문 밑 틈새로 비쳐드는 빛 줄기에서 눈을 뗄 수가 없었다. 계단을 오르는 발소리가 나더니 이내 내 방문 앞에서 멈추는 것이었다. 나는 자리에서 벌떡 일어났다. 에드워드였다. 그가 아주 가까이에 서 있었다. 나는 맨발로 바닥을 딛고 서서는 어찌해야 할지 몰라 서성거렸다. 문을 열어야겠다고 마음먹고 있는데, 돌아서는 발소리가 들렸다. 주위는 또다시 어둠에 휩싸였다. 자리를 잡고 누우니 피로가 몰려왔다. 속으로 중얼거렸다.

'내일 아침이면 그를 만난다.'

눈을 뜨자 제일 먼저 에드워드의 얼굴이 떠올랐다. 시계를 보니 배가 떠날 시간까지 한 시간밖에 남지 않았다. 나는 서둘러 샤워를 하고, 옷을 챙겨 입고 짐을 정리한 다음, 트렁크에 자물쇠를 채웠다. 복도에 나와 그의 방문 쪽을 슬그머니 넘겨다보았다. 방문이 활짝 열려 있었다. 방 안은 이미 깨끗하게 정돈되어 있었다. 부엌에 있던 펜션 주인이 나를 보고는 웃으며 커피를 내밀었다. 그러면서 아침 식사를 내주려고 했다.

"괜찮아요. 오늘 아침은 배가 고프지 않아요."

"네. 그런데 배를 타려면 뭔가 먹어 두는 게 편할 텐데요."

"커피 한 잔이면 충분할 것 같아요"

나는 선 채로 커피 몇 모금을 마셨다.

"에드워드 보셨어요?"

"꽤 일찍 일어나던데요. 평소보다 말도 훨씬 적고, 상상이 가세요?"

"잘 믿어지지 않는데요."

"항구로 나갔다 다시 돌아와서는 숙박비를 계산했어요."

"지금은 어디 있어요?"

"안절부절못하던데. 밖에서 당신을 기다리고 있을걸요."

"아!"

나는 주인의 놀리는 듯한 눈길을 받으며 커피 잔을 단숨에 비웠다.

"얼굴이 왜 그렇게 하얗게 변했죠? 배를 탈 생각 때문에 그래요? 아니면 에드워드 때문인가?"

"어떤 게 더 최악 같아요?"

그가 활짝 웃었다.

나는 손을 번쩍 들어 인사를 하고는 현관문 쪽으로 갔다.

에드워드는 내가 다가오는 걸 알아채지 못했다. 한껏 심각한 얼굴로 정신없이 담배 연기만 내뿜고 있었다. 나는 다정한 목소리로 그를 불렀다. 그가 뒤로 돌아서 빙긋이 미소 지으며 내게 다가왔다. 아무 말 없이 내 트렁크만 집어 들었다. 내가 먼저 그에게 팔짱을 끼며 물었다.

"괜찮아요?"

"당신은요?"

"괜찮아요. 아니, 그런 거 같아요."

"자, 그럼 가죠."

그는 미소를 지으며 내 손을 잡고 항구 쪽으로 안내했다. 앞으로 걸음을 내딛을수록 그에게 조금씩 더 다가갔다. 그러면서 그의 손을 더욱 움켜쥐었다.

그가 배에 오르려고 짐을 바닥에 내려놓았다. 어쩔 수 없이 잡고 있던 손을 놓아야 했다. 나는 그를 뒤따라 배에 올라갔다. 제법 강한 바람이 불었다. 그는 먼저 담배에 불을 붙여 내게 건넨 다음 자기 담배에 불을 붙였다. 둘이 나란히 상갑판 난간에 기댄 채 아무 말 없이 담배를 피웠다.

배가 섬을 떠나 한참 지날 때까지 둘 다 그 자세로 꼼짝하지 않고 있었다.

"많이 흔들릴 거예요."

에드워드가 몸을 일으켜 세우며 말했다.

"여기 있을 거예요?"

"잠깐 있을게요. 원하면 들어가 있어요."

이번에는 내가 두 발로 버티고 서서 난간을 꼭 붙들었다. 바람이 강하게 불어 그때마다 배가 좌우로 크게 흔들렸다. 그래도 내가 있고 싶은 곳은 바로 이곳이었다. 갑자기 바람이 멈췄다. 에드워드가 내 등 뒤에서 두 팔로 나를 꼭 끌어안았다. 내 두 손을 꼭 쥔 채.

"속이 불편하면 미리 말해 줘요." 그가 귀에 대고 속삭였다.

목소리가 살짝 들떠 있는 걸 알 수 있었다. 우리는 항해하는 내내 입을 다물고 가까이 붙어 있었다. 더없이 황홀한 시간이 흘러갔다. 배가 항구에 도착하자 에드워드는 우리 짐을 찾으러 갔다 왔다. 그리고 주차장으로 갔는데, 그때는 그가 내 손을 잡고 걸었다. 짐을 트렁크에 싣고 난 뒤 운전석에 앉으면서 그는 긴 숨을 내쉬었다. 고개를 돌리지 않고도 나를 바라보는 그의 강렬한 시선을 느낄 수 있었다. 그는 내 쪽으로 몸을 돌리고는 내 눈을 응시했다.

"이제 집에 가야죠?"

"당신이 운전사인걸요."

집으로 돌아오는 길 내내 우리는 레드 핫 칠리 페퍼스(역주: Red Hot chili peppers, 미국의 4인조 남성 록 밴드. 대표곡으로 〈Californication〉, 〈Give it away〉등이 있다.)의 노래를 들으며 조용히 각자의 생각에 빠져 들었다. 에드워드는 부드러움과 거친 면을 모두 지닌 남자였다. 차 안에서 들리는 소음이라고는 담배에 불을 붙이는 소리밖에 없었다. 우리는 서로 번갈아 가며 담배를 피웠다. 차창 밖으로 들판 풍경들이 스쳐 지나갔다. 나는 목걸이와 반지를 쉬지 않고 만지작거렸다. 더 이상 에드워드의 얼굴을 똑바로 바라볼 자신이 없었다. 뮈라니 표지판이 보이자 온몸이 굳어 버리는 것만 같았다. 그는 차를 내 집 앞에 세우고는 엔진을 끄지 않았다.

"저는 바로 작업을 해야 할 것 같아서요."

"그렇게 하세요. 전 괜찮아요." 차에서 서둘러 내리면서 내가 대답했다.

차 문이 생각했던 것보다 더 세게 닫혔다. 나는 서둘러 차 트렁크에서 내 짐을 꺼냈다. 에드워드는 출발하지 않은 채 꼼짝하지 않고 있었다. 집 앞에 도착해 정신없이 가방을 뒤적거려 열쇠를 찾았다. 손이 떨려 열쇠를 제대로 열쇠 구멍에 꽂을 수가 없었다. 화가 쉽게 가라앉질 않았다. 내게 할 말도 없으면서 왜 저렇게 가만히 서 있는 건지.

짐을 바닥에 내려놓고 뒤를 휙 돌아다보다 그와 부딪치고 말았다. 어느새 내 뒤에 와 있었던 걸까. 몸이 휘청거렸다. 그가 내 허리를 붙들어 주는 바람에 넘어지지 않았다. 그 자세로 얼마가 지났을까. 마침내 그가 나를 놓아 주었을 때 나는 애써 태연한 척하며 손으로 머리카락을 쓸어 넘겼다. 담배에 불을 붙이고 그가 물었다.

"오늘밤, 우리 집에 올 수 있어요?"

"네. 그러고 싶어요."

우리는 오래도록 서로 바라보고 서 있었다. 가슴이 터질 것만 같았다. 에드워드가 머리를 살짝 흔들었다.

"그럼 이따 봐요."

그가 고개를 숙이는 걸 보며 나는 눈썹을 찡그렸다. 그가 바닥에서 열쇠를 주워 문을 열어 주었다.

"자 이제 됐죠. 그죠?"

그는 내 이마에 살짝 입맞춤을 하고 곧바로 자리를 떠났다. 내게는 한 마디 대답할 시간도 주지 않았다. 그의 지프가 먼지 속으로 사라져 갔다.

8

LE CONSULAT
RESTAURANT LE CONSULAT
CAFE
AUBERGE DE LA BONNE FRANQUETTE
LA BONNE FRANQUETTE

아주 오랫동안 샤워기 아래 서서 뜨거운 물을 온몸으로 받아 내며 서 있었다. 시간이 지나면서 몸의 근육이 서서히 풀리는 느낌이 들었다. 거울 앞에 옷을 벗은 채 서서 한동안 내 몸을 관찰했다. 오랜만에 마주한 모습이었다. 내 육체는 콜랭의 죽음과 함께 꺼져 있었다. 그런데 잠들어 있던 내 몸의 세포들을 에드워드가 조심스럽게 깨워 준 것이었다. 오늘밤, 우리 둘에게 어떤 일이 있으리라는 것쯤은 잘 알고 있다. 어제까지만 해도 그 어떤 남자도 내 몸에 손을 대는 일은 없을 거라고 확신했는데. 에드워드의 손과 몸이 콜랭의 자리를 차지하게 내버려 둘 수 있을까? 끝까지 진지하게 내 자신에게 물어봐야 했다. 그러면서 나도 모르게 여자만의 몸짓을 찾아내고 있었다. 몸에 수분크림을 바르고, 가슴 깊숙이 파인 곳에 향수를 뿌리고, 머리카락을 부드럽게 쓸어 넘기고, 예쁜 속옷을 고르고, 남자를 유혹하고 싶다는 욕구를 느끼며 옷을 차려입고 있는 것이었다. 어느새 밖은 어두워져 있었다. 내가 어떻게 된 거지. 얼마 전만 해도 그렇게 미워했던 남자에게 이리도 애틋한 마음이 생길 줄이야. 마치 알싸한 첫사랑의 감정을 느끼기 시작한 소녀 같았다. 그를 보지 않고 지낸 지 몇 시간밖에 지나지 않았는데 한없이 길게만 느껴졌다. 너무도 보고 싶었다. 창문 쪽으로 고개를 돌려보니 그의 집은 여전히 불이 켜져 있었다. 나는 담배에 불을 붙이고는 손톱을 잘근잘근 씹으며 서성거렸다. 몸 전체에 뜨거운 열기가 훅 올라오는 것 같다가도 이내 싸늘해지면서 덜덜 떨렸다. 뭘 기다리고 있는 거지. 나는 가죽 점퍼를 걸치고, 가방을 들고 밖으로 나왔다. 그의 집은 몇 미터밖에 떨어져 있지 않았다. 천천히 걸어가며 담배 한 개비를 꺼내 입에 물었다. 그러다 중간에 멈춰 서서 다시 집으로 돌아갈까 망설였다. 지금 돌아간다 해도 그는 아무것도 알아채지 못하겠지. 전화를 걸어 몸이 좋지 않다고 얘기할까. 그대로 미쳐 버릴 것만 같았다. 오늘밤 그를 실망시킬지도 모른다는 생각이 들자 당황스러웠다. 그러다 피식 웃음이 삐져 나왔다. 바보! 그런 건 자전거 타는 것처럼 잊혀지지 않는 법인데. 나는 담배꽁초를 짓눌러 끄고는 문을 두드렸다. 잠시 후 그가 문을 열어 주었다. 그는 나를 위아래로 훑어보고는 내 눈을 똑바로 쳐다보았다. 나도 모르게 호흡이 빨라졌다. 아무렇지도 않은 척, 동요하지 않는 척했던 내 마음이 온데간데없이 사라졌다.

"들어와요."

"네." 나는 기어들어가는 목소리로 대답했다.

그는 옆으로 비켜서서 내가 지나갈 수 있도록 자리를 내주었다. 피피가 나를 반갑게 맞이해 주자 한결 마음이 편안해졌다. 에드워드의 손이 내 등 아래쪽에 와 닿는 게 느껴지자 온몸에 전율이 일었다. 나는 그를 따라 거실로 갔다.

"한 잔 할래요?"

"네, 주세요."

그는 내 이마에 입맞춤을 하고는 테이블 바 쪽으로 갔다. 나는 그를 눈으로 좇는 대신 주위를 둘러보았다. 그는 아란 섬에서 함께 보내기 전의 에드워드일 뿐이라고 속으로 중얼거렸다. 오늘밤은 단지 편안한 친구 사이로 저녁 시간을 보내는 것뿐이라고, 괜한 상상을 한 것뿐이라고. 분명 그의 거실은 엉망진창일 테고, 재떨이는 담배꽁초로 넘치겠지. 그걸 보면 왠지 안심이 될 것 같았다. 그런데 거실을 둘러보다 깜짝 놀랐다.

"청소했어요?"

"의외예요?"

"아니……. 네……. 조금……."

"자, 여기 와서 앉아 봐요."

그가 내게 소파에 와서 앉으라고 손짓했다. 나는 소파 팔걸이에 걸터앉았다. 그리고는 그를 똑바로 쳐다보지 못한 채 와인잔을 받아들었다. 초조해하는 마음을 들키지 않으려면 계속 분주히 움직여야 했다. 내가 담배를 집어 들자마자 마치 기다리고 있었다는 듯 그가 내 코앞에 불을 들이미는 것이었다. 나는 고맙다고 인사했다.

그는 내 앞에 놓인 낮은 탁자에 걸터앉아 기네스 한 잔을 들이키며 나를 쳐다보았다. 나는 코를 움켜쥐고 마셨다. 그가 내게 턱을 살짝 쳐들며 물었다.

"괜찮아요?"

"물론이죠. 오늘은 뭘 했어요? 일 했어요? 사진은 어때요? 같이 찍은 사진 있잖아요."

나도 모르게 횡설수설 말들이 쏟아지는 바람에 숨이 막힐 것만 같았다. 그가 내 뺨을 어루만졌다.

"너무 긴장하지 말아요."

나는 잔뜩 참고 있던 숨을 길게 내뿜었다.

"미안해요."

나는 벌떡 자리에서 일어나 이리저리 서성이다 벽난로 앞으로 가서 섰다. 담배를 다 피운 뒤, 꽁초를 장작불 속으로 던졌다. 그가 내 등 뒤에 가까이 와 있는 게 느껴졌다. 그는 내 잔을 벽난로 선반 위에 올려놓았다. 이어 손으로 내 두 팔을 쓸어내렸다. 순간 온몸이 바싹 긴장했다.

"뭘 두려워하는 거죠?"

"아니에요."

"나하고는 두려워하지 않아도 돼요."

나는 돌아서서 그의 얼굴을 똑바로 쳐다보았다. 그는 다정하게 미소 지으며 내 이마를 가리고 있는 머리칼을 쓸어 올려 주었다. 그에게서 기분 좋은 향수 냄새가 났다. 등 밑에서부터 길게 어루만지며 서서히 올라오는 그의 손길이 느껴졌다. 그렇게 둘이서 오랫동안 꼭 끌어안고 있었다. 모든 의심들이 한꺼번에 달아났다. 나는 그에게 감미로운 키스로 답했다. 그는 내 얼굴을 두 손으로 감싸 안고는 이마를 마주 댔다.

"여기로 오다 다시 돌아갈 뻔했어요."

"저런, 아주 좋은 시간을 망칠 뻔했네요."

"그랬다면, 당신은 내게 왜 그랬는지 물으러 왔을까요?"

"아닐 것 같아요."

나는 그의 셔츠 단추를 만지작거렸다.

"하루 종일 당신 생각 했어요."

나는 두 눈을 들어 그를 바라보았다. 그가 내 시선을 붙들고 놓아 주지 않았다. 이제 우리가 어디까지 갈 건지 결정하는 일만 남아 있는 셈이었다. 나는 내 머리에 명령했다. 그만 작동하라고. 이제 내 몸이 조정 키를 쥘 차례였다. 나는 발끝을 들고 섰다.

"당신을 믿어요."라고 말하며 나는 그의 입술에 내 입술을 가만히 갖다 댔다.

내가 그에게 그런 입맞춤을 할 수 있을 거라고는 상상도 하지 못했다. 그가 내 허리를 바싹 끌어당겨 안았고, 나는 그의 어깨에 매달렸다. 그의 손이 내 옷 속으로 더듬거리며 들어왔다. 이어 재빠르게 등을 타고 내려가더니 어느새 배로, 그리고 마침내 가슴께로 올라오는 것이었다. 그의 부드러운 애무를 받으며 자신감을 찾은 나는 그의 셔츠와 청바지를 움켜쥐고 단추를 풀기 시작했다. 나 역시 그의 맨살의 촉감을 원했다. 뜨겁게 살아 숨쉬는 그의 몸을 원했다. 우리의 입술은 에드워드가 나의 윗옷을 벗겨내는 짧은 시간 동안만 떨어져 있었다. 서로를 바라보았다. 그가 나를 번쩍 안아 올렸고, 나는 어느새 두 다리로 그의 허리를 감싸 안았다. 이어 그가 소파 위에 나를 눕혔다. 가느다란 환희의 한숨이 내 입에서 새어 나왔다. 벗은 두 몸이 닿자마자 그대로 엉겨붙었다. 그의 수염이 내 목덜미를 간질이는 게 느껴졌다. 그는 내 귓불에 뜨거운 키스를 하며 속삭였다.

"후회하지 않을 거죠?"

나는 그를 쳐다보면서 손으로 그의 머리카락을 쓸어내리고는 미소로 답했다. 그리고 또다시 키스를 퍼부었다. 무슨 일인지 피피가 옆에서 컹컹 소리를 내는 바람에 조금 주춤했다.

"가만히 앉아 있어" 에드워드가 소리쳤다.

둘이 동시에 피피가 있는 방향으로 고개를 돌렸다. 피피는 으르렁거리며 현관문을 바라보고 있는 것이었다. 에드워드는 쉿, 하면서 내 입술에 손가락을 갖다 댔다. 쾅쾅 문 두드리는 소리가 났다.

"나가 봐야 하지 않을까요. 중요한 일일지도 모르는데." 나는 속삭이듯 말했다.

"이보다 더 중요한 일이 있을까요?"

그는 손으로는 내 바지 단추를 풀면서 동시에 내 입술을 덮쳤다. 그의 저돌적인 행동에 저항하고 싶지 않았다.

"에드워드, 당신 집 안에 있는 거 알아!" 카랑카랑한 여자 목소리가 울렸다.

그 소리에 에드워드는 얼굴 표정이 일그러지면서 두 눈을 질끈 감았다. 그러면서 내게 몸을 떼어 냈다.

"누군데 그래요?"

"문 열어 줘. 당신한테 할 말이 있어서 그래."

문 밖의 여자는 점점 더 다급한 목소리로 소리를 질렀다.

그는 내 품에서 벗어나 자리에서 벌떡 일어섰다. 나는 소파에 앉은 채 두 팔로 가슴을 감싸안고 그를 바라다보았다. 그는 마치 잠에서 막 깨어난 사람처럼 손으로 얼굴을 부비고 머리를 마구 헝클어뜨렸다, 이어 담배에 불을 붙이고는 바닥에 널브러져 있는 셔츠를 집어 들었다.

"무슨 일이죠?" 나는 최대한 부드럽게 물었다.

"옷 입어요."

몹시 차가운 그의 목소리에 눈물이 핑 돌았다. 나는 블라우스와 브레지어를 더듬거려 찾았다. 옷을 대충 챙겨 입자 그가 성큼성큼 현관문 쪽으로 걸어갔다. 걸리적거린다는 듯 피피에게 발길질을 했다. 피피는 내 다리 아래에 숨어 들었다. 문고리를 힘껏 움켜잡은 에드워드의 팔뚝에 시퍼런 핏줄이 일어서는 게 얼핏 보였다. 그가 문을 활짝 열어젖혔다. 훼방꾼의 모습은 그의 등에 가려져 있었지만 그들이 나누는 얘기는 들을 수 있었다.

"메간!"

"세상에! 너무 좋다. 당신 얼마나 보고 싶었는데."

낯선 여자가 그의 목에 달려드는 것이었다. 어떻게 이런 일이 있을 수 있는 거지. 꾹 참고 있던 기침이 갑자기 터져 버렸다.

에드워드의 등이 순간 굳어지는 게 느껴졌다. 불청객 여자는 내가 거실에 있는 걸 발견하고는 그의 품에서 빠져 나왔다.

그녀는 한 마디로 눈부셨다. 환상적일 정도로 날씬한 몸매에 빨려들 것 같은 눈빛을 하고 있었다. 검은 머리카락이 등 뒤로 폭포수처럼 흘러내렸다. 그녀의 몸짓과 행동에선 팜므파탈 같은 여성미가 넘쳐났고, 정성 들여 꾸민 티가 났다. 도도한 그녀의 얼굴에는 저항할 수 없는 자신감이 배어 있었다. 그녀는 우리 둘을 번갈아 가며 쳐다보았다. 에드워드가 내 쪽을 돌아다보며 두 눈을 들어 허공을 응시했다. 그가 갑자기 낯설게 느껴지면서 왠지 다른 곳에 있는 사람처럼 보였다. 그녀가 손으로 그의 머리카락을 쓸어 넘겼는데도 그는 꼼짝하지 않았다.

"내가 제 때에 온 것 같네."

나를 향해 도전장을 내밀 듯 걸어오며 그녀가 말했다.

"당신이 누구든 간에 지금은 우리 둘에게 자리를 비켜 줘야 할 것 같아요."

나는 아랑곳하지 않고 에드워드에게 다가갔다. 그의 손을 잡으려고 하자 그가 한 발 뒤로 물러섰다.

"뭐라고 말 좀 해요. 저 여자 누구예요?"

그는 허공을 바라보며 한숨을 내쉴 뿐이었다.

"지금 무슨 소리 하는 거예요? 나는 이 남자의 여자라고요."

그녀는 에드워드에게 가까이 다가와 그의 팔에 매달리려 했다.

"메간!" 그가 거친 목소리로 그녀를 불러 세웠다.

"미안해요. 내 사랑, 나도 알아요."

"이 바보 같은 짓거리는 도대체 뭐지?" 나는 벌컥 화를 냈다.

불청객이 도착한 이래 처음으로 에드워드가 내 눈을 뚫어지게 쳐다보았다.

눈길이 너무 차갑게 느껴졌다. 나와 분명한 거리를 두고 있었다. 조금 전 함께 있던 에드워드가 아니었다. 그를 처음 만났을 때 보여 주었던 끔찍한 모습으로 돌변해 있었다. 조금 전 벽난로 위에서 보았던 사진이 떠오르면서 가슴 한켠이 아릿해졌다. 단번에 모든 것을 이해할 수 있었다. 불청객은 바로 바닷가를 배경으로 찍은 사진 속의 여자였다. 나란 존재는 그에게 아무것도 아니었던 것이다. 멋지게 농락당한 셈이었다. 나는 정신없이 가방과 웃옷을 움켜쥐고는 밖으로 뛰쳐 나왔다. 그리고 뒤도 돌아보지 않았다.

나는 중간에 멈춰 서서 모든 걸 게워 냈다. 집에 도착하자마자 욕실로 달려가 샤워기를 틀고 내 몸에 남아 있는 나쁜 남자의 흔적을 깨끗이 지웠다. 살갗이 벗겨질 정도로 닦고 또 닦았다. 버젓이 아내가 있는 남자와 잠자리를 할 뻔하다니. 어떻게 여자가 있느냐고 물을 생각조차 못했는지. 당연히 혼자라고 생각했다. 나와 함께 있기 원한다고 생각했는데, 나는 그저 아내의 빈 자리를 잠시 채워 주는 대역이었을 뿐이었다. 콜랭이 지금의 내 모습을 봤다면 뭐라고 했을까? 한두 차례의 달콤한 미소와 로맨틱한 분위기 속에서 보낸 주말 때문에 아무 의심없이 내 몸을 내어 주려 했다니. 내 자신에게 구역질이 나서 참을 수가 없었다.

잠이 올 리가 없었다. 어둠 속에서 침실 창문 아래 두 무릎을 오도카니 세우고 앉아 몸을 앞뒤로 흔들었다. 그러다 잠깐 졸았는데, 꿈속에서도 에드워드와 콜랭의 얼굴이 뒤엉켜 들었다. 둘이 뭉쳐서 나를 공동의 적으로 몰아세우는 악몽에 시달려야 했다.

사흘 내내 집안에서 꼼짝하지 않고 지냈다. 밤이 되어도 좀처럼 눈이 감겨지지 않았다. 에드워드와 함께 지낸 몇 주간을 곰곰이 되짚어 보았다. 어느 순간부터 망가지기 시작한 건지, 어느 순간부터 그에게서 아내 얘기를 듣고 싶어 하지 않았는지 스스로에게 되물어 보았다.

오늘은 억지로라도 장을 보러 가기로 마음먹었다. 다행히 상점에선 사람들 눈에 띄지 않을 수 있었다. 막 차 트렁크를 닫으려는 참이었다.

"디안느?"

잭이었다. 어깨에 힘이 쭉 빠졌다. 나는 얼른 애써 미소를 지으며 뒤를 돌아다보았다.

"우리의 프랑스 여인께서는 어떻게 지내시는지? 못 본 지 꽤 오래된 것 같은데."

"잘 지내시죠? 저도 잘 있어요. 고마워요."

"집에 같이 가요. 아비가 보면 무척 좋아할 텐데."

우리가 도착하자 아비가 내게 달려들며 반가워했다. 두 사람의 진심어린 환대를 마주하니 왠지 그동안의 분노가 조금은 진정되는 것 같았다. 그들에게는 알 수 없는 신뢰감이 느껴졌다. 클라라 얘기도 할 수 있었다.

"파리에 돌아갈 계획은 있어요?"

아비가 물었다.

"아직은 잘 모르겠어요. 진지하게 고민해 보지 않아서요."

"다시 돌아가 시작해 보고 싶지 않아요?"

"방을 비워야 하는 건 아니죠?"

"그런 건 아니에요."

그들은 거짓말을 하고 있었다. 나중에 안 사실이지만 내가 묵고 있는 별장을 그 여자한테 내주기로 했는데, 나 때문에 곤란해하고 있었다. 그때 현관문 여닫는 소리가 크게 났다. 나는 그 자리에서 온몸이 얼어붙는 것만 같았다.

"갑자기 왜 그렇게 얼굴이 창백해져요. 몸이 안 좋아요?" 아비가 물었다.

"기운이 좀 없어서요. 걱정 마세요. 집에 가서 좀 쉴게요."

"에드워드한테 데려다 달라고 해요."

"아니오. 절대 그러지 마세요. 괜찮아요."

나는 서둘러 자리에서 일어나 가방을 챙겼다.

"다음에 뵈어요." 이 말만 던지고 성급히 문 쪽으로 달려갔다.

결국 문 앞에서 에드워드와 마주치고 말았다. 옆으로 스쳐 지나가면서 그를 쳐다보지 않을 수가 없었다. 그 역시 내게 말을 걸지 않으려고 애쓰는 것 같았다. 나는 차 안으로 얼른 들어와 문을 걸어 잠그고는 운전대 위로 몸을 떨구었다. 두려웠다. 그가 두려웠다. 내가 어떻게 반응할지도 두려웠다.

나는 커다란 통유리창 앞에 서서 꼼짝하지 않았다. 창밖으로 에드워드가 바닷가를 따라 걸으며 개를 산책시키는 모습이 보였다. 그와 대면해야 했다. 적어도 해명은 들어야 하지 않겠는가. 내가 꿈을 꾼 게 아니라는 증거가 필요했다.

잠깐 욕실에 들렀다. 무기력해진 내 모습을 보이고 싶지 않았다. 신경을 써서 옷을 골랐고, 불면의 밤을 보낸 걸 감추려고 정성스레 화장도 했다.

이제 더는 뒤로 물러설 수 없었다. 지금 막 그의 문을 두드렸고, 개 짖는 소리까지 들렸으니…… 영원처럼 길게 느껴지는 시간이었다. 손에 찬 기운이 한꺼번에 엄습해 오면서 떨리기 시작했다. 배에는 묵직한 어떤 것이 들어찬 것처럼 괴롭기만 했다. 에드워드가 문을 여는 순간, 이 모든 증상들이 한꺼번에 사라졌다. 분노의 감정밖에 남은 게 없었다. 그를 마구 때려 주고 싶었다. 그런데 나를 더 당황하게 만든 건 그와 얼굴을 마주하자 나도 모르게 그의 품에 안기고 싶은 마음이 든 것이었다. 전혀 예상치 못했는데. 거울 앞에 서서 그렇게 여러 번 되뇌었던 말들이 모두 물거품이 되어 버렸다.

"무슨 일이죠?"

"잘 지내셨나요?"

나는 얼버무리자 그는 한숨을 내쉬고는 손으로 자신의 얼굴을 쓸어내렸다.

"할 일이 좀 많아서요. 무슨 일이죠?"

나는 몸을 똑바로 세우고 어깨는 쭉 핀 자세로 그를 뚫어지게 쳐다봤다.

"적어도 어떻게 된 일인지 설명은 해줘야 하는 거 아닌가요?"

그의 얼굴에 당황하는 표정이 일었다.

"할 말이 없어요."

"어떻게 그러고도 거울을 똑바로 쳐다볼 수 있는 거죠?"

그는 나를 쏘아보더니 문을 꽝하고 닫아 버렸다. 그 못된 버릇이 또 시작된 건가.

낮게 드리워진 하늘 위로 진한 먹구름이 몰려오는 걸 보면서도 나는 산책하기로 마음먹었다. 한 시간이 넘도록 바닷가를 서성거렸다. 집 쪽으로 돌아오는데 피피가 내게 달려왔다. 개를 쓰다듬어 주곤 계속 걸어갔다. 차 한 대가 에드워드 집 앞에 주차해 있었다. 내가 막 지나가려는데 그 여자가 나오는 것이었다. 나를 쏘아보는 그녀의 매서운 눈길이 느껴졌다.

"당신 아직도 떠나지 않고 여기에 있는 거예요?"

나는 그녀의 무례함에 대답할 필요를 느끼지 못했다.

"아비하고 잭한테 가서 당부 좀 해야겠어요. 당신이 이 부근에서 더는 얼쩡대지 못하게 해달라고."

담배를 찾으려고 주머니를 뒤적이니 차 열쇠가 손에 잡혔다. 지금 내게 필요한 것이었다. 지체하지 말아야 했다.

"에드워드." 그녀가 불렀다.

"나가고 있어." 그가 대답했다.

나는 차 문을 쾅 소리 내어 세게 닫고는 그대로 시동을 걸고 출발했다.

두 시간이 넘도록 액셀러레이터에서 발을 한 번도 떼지 않고 달렸다. 마을로 돌아오는 길에서야 속도를 늦췄다. 그 바람에 그녀가 아비와 잭의 집에서 나오는 걸 목격하고 말았다. 그녀는 제 집에서 나오는 듯 편안해 보였다. 이 마을이 내게 위안을 줄 거라고, 나를 치유해 줄 수 있을 거라고 믿었는데, 결국 이곳이 점점 나의 무덤이 되어가고 있었다.

쥬디트 역시 나를 잊은 걸까? 왜 이곳에 온다는 걸 내게 알리지 않은 거지? 벌써 한 시간째 그녀는 바닷가에서 메간과 얘기를 나누는 중이었다. 그녀가 내 집 쪽으로 걸어오는 걸 보자마자 나는 가방하고 열쇠를 움켜쥐고 얼른 밖으로 뛰어 나왔다.

"디안느." 쥬디트가 날 불러 세웠다.

"지금 시간 없는데."

"무슨 일이야?"

"신경 쓸 거 없어."

"잠깐." 그녀가 내 팔을 붙들었다.

"이거 놔."

나는 팔을 거칠게 잡아 빼고는 곧바로 차를 몰고 달아났다.

한참을 방황하다 마을로 다시 돌아왔다. 다들 아비와 잭 집에 있을 테니 적어도 바는 내 차지가 될 수 있겠지. 바 문을 밀고 들어가면서 오늘은 제대로 취해 보리라 마음먹었다. 둥근 의자에 걸터앉아 길게 적힌 메뉴들 중 제일 처음 것을 주문했다. 아일랜드가 나를 알코올 중독자로 만들 판이었다.

술이 들어가면서 나는 울다 웃다 제정신이 아니었다. 머리를 바 테이블 한쪽에 기댄 채 즐비하게 늘어져 있는 빈잔들을 뚫어지게 쳐다보았다. 담배를 피려다 픽 하고 옆으로 쓰러지고 말았다. 넘어진 곳이 바닥이겠거니 했는데 정신을 차려 보니 내가 어느 남자의 가슴에 안겨 있는 것이었다.

"어, 고마워요……."

나를 붙들어 준 남자에게 인사를 했다. 처음 보는 남자였다.

"천만에요. 담배 하나 드릴까요?"

"타이밍이 절묘한데요."

나는 테라스 쪽으로 걸어가면서 그에게 가까이 오라고 손짓했다. 비록 모든 게 뿌연 안개 속에 있었지만 그가 나를 유혹하고 있다는 것쯤은 알았다. 하지만 그의 의도 따윈 상관할 바 아니었다. 나는 그야말로 '경박한 금발머리' 처럼 굴었다. 그가 던지는 농담에 알아듣지도 못하면서 바보처럼 깔깔대며 맞장구를 쳤다. 그는 조금도 시간 낭비할 마음이 없었는지 곧바로 내 허리를 움켜쥐고는 바 테이블로 데리고 갔다. 그의 시선은 움푹 파진 나의 블라우스 속에 꽂혀 있었다. 한 눈으로 슬쩍 올려다 보니 인상이 험악해 보이진 않았다. 어쨌든 지금 당장 에드워드를 내 머릿속에서 몰아내기 위해서는 또 다른 아일랜드 남자가 필요했다. 그에게 부드러운 눈길을 던지며 술을 권하자 곧바로 반응했다.

"여기요, 한 잔씩 돌려 주세요." 그는 바 주인에게 횡설수설하며 주문했다.

"디안느, 이제 그만 마셔야 할 것 같은데요."

"아니에요. 한 잔 줘요. 내가 낼 거예요. 나도 즐길 권리가 있단 말이예요."

나는 바 테이블 위에 동전을 올려놓고는 술이 나오자마자 단숨에 잔을 비웠다. 거침이 없었다.

나는 완전히 별천지 속에 있었다. 주위에서 고성이 오고갔는데, 내게는 모든 게 윙윙거리는 소리로만 들릴 뿐이었다.

"그 여자한테 손대지 마."

어디서도 알아들을 수 있는 목소리였다. 에드워드였다. 누구한테 소리를 지르는 거지? 나는 두 눈을 크게 떴다. 에드워드가 옷깃을 올리고 있던 그 남자에게 주먹을 날리는 것이었다. 그러면서 내게 뭐라고 말했던 것 같은데 알아들을 수가 없었다.

"어이, 이봐. 저 여자가 날 먼저 유혹한 거라고."

그가 손가락으로 나를 가리키며 말했다.

에드워드의 주먹이 또다시 날아갔고, 그 바람에 그는 속수무책으로 당했다. 그제야 그는 바닥에서 겨우 일어나 바람처럼 사라졌다.

"오, 내가 뭘 어떻게 한 거지?" 나는 혼잣말로 중얼거렸다.

"네가 뭘 하려 했는지 진짜 흥미롭다니까. 그게 뭔지 아직 잘 모르겠지만."

쥬디트가 대답했다.

"그만해. 입 다물어."

큰 소리가 나는 곳으로 머리를 돌리려는데 순간 어지럼증이 일었다. 그러면서 바닥이 출렁거리는 것이었다.

"오빠, 디안느가 달아나려고 하잖아." 쥬디트가 에드워드에게 소리쳤다.

"디안느, 잠깐 기다려. 집에 데려다 줄게. "

"날 좀 가만 내버려 둬. 혼자 갈 수 있다고. 둘 다 제발 내 일에 참견하지 말아 줘."

그러다 지금이 아니면 내 생각을 전달할 기회가 없을 것 같아 우뚝 그 앞에 버티고 섰다. 눈을 똑바로 뜨려고 애쓰는데, 그의 모습이 여럿으로 겹쳐 보였다.

"내 말 잘 들어!" 그에게 소리쳤다. "당신은 이제 내 삶에 끼어들 권리가 없어. 지난 밤, 그 권리를 모두 잃어버렸다구. 게다가 나도 얼마든지 남자하고 잘 수 있고!"

"가만히 있지 못해." 그가 명령하듯 소리쳤다. "바보짓은 오늘 충분히 다 했으니."

그는 내게 대답할 시간도 주지 않고 그대로 나를 번쩍 안아 어깨에 감자 포대처럼 둘러업었다. 나는 주먹으로 그의 등을 마구 때리면서 발버둥쳤다.

"날 내려놔. 이 바보!"

그는 내 저항 따윈 아랑곳하지 않고 그대로 둘러업고 주차장으로 걸어갔다. 그가 나를 차 안에 밀어 넣자마자 나는 그대로 잠들어 버렸다.

정신을 차려 보니 내 침대 위였다. 누가 내 옷을 벗겨 준 거지?

"어찌 그리 매달리는지."

"날 내버려 둬."

"오, 절대 안 돼."

쥬디트는 내게 이불을 덮어 주고는 밖으로 나갔다.

잠시 후 발걸음 소리가 다시 들려 눈을 떠 보니 에드워드가 낮은 탁자 위에 물 컵을 올려놓고 있었다. 이어 손으로 내 이마를 짚었다.

"내 몸에 손대지 마."

나는 몸을 일으켜 세우려고 했다.

"그냥 누워 있어요."

에드워드가 나를 살짝 밀었다.

"이게 다 당신 때문이야."

나는 중얼거리며 흐느꼈다.

"당신은 나쁜 놈이야."

"나도 알아요."

나는 이불을 얼굴까지 덮어 썼다. 계단을 내려가는 발걸음 소리에 이어 현관문 닫히는 소리가 났다.

머리에서 발끝까지 욱신거리지 않는 곳이 없었다. 바닥을 디딜 때마다 머릿속이 쿵쿵 울렸다. 욕실로 들어서자마자 세면대에 몸을 기대야 했다. 거울에 비친 끔찍한 내 몰골을 보니 말이 나오지 않았다. 얼굴은 완전 퉁퉁 부었고, 검은 마스카라는 눈 밑으로 줄줄 녹아 흘러내리고 있었다. 게다가 머리카락은 까마귀가 둥지라도 튼 것처럼 난리가 아니었다. 너무 부끄러워 반지를 제대로 쳐다볼 수가 없었다. 입 안에 들러붙어 있는 술 냄새를 지우느라 여러 차례 양치질을 하면서 결심했다. 다시는 술을 입에 대지 않겠다고.

쥬디트가 소파에 앉아 잡지를 뒤적이고 있었다.

"거기서 아직까지 뭐하고 있는 거야?"

"요즘 왜 그래?"

"와우, 내가 요즘 네 거지 같은 오빠라는 남자와 전쟁 중이거든. 당신들 다들 미쳤어."

"무슨 소리야?"

"당신들은 내가 여기 왔을 때부터 날 가지고 놀았다고."

"뭐라고? 어젯밤에도 널 그렇게 걱정했는데."

"어떻게 그런 말을 할 수 있어?"

나는 허공을 향해 두 눈을 치켜뜨며 소파에 쓰러지듯 주저앉았다. 쥬디트는 부엌으로 가더니 곧바로 쟁반을 들고 나왔다.

"우선 뭣 좀 먹어. 얘기는 나중에 하고."

나는 눈물을 흘리며 음식을 꾸역꾸역 입 안에 넣었다. 커피잔을 비우자 쥬디트가 한 잔 더 따라 주고, 담배에 불까지 붙여서 내게 내밀었다.

"왜 여기 온다고 미리 얘기 안 해줬어?" 내가 물었다.

"설마 그것 때문에 어젯밤에 그 난리를 피운 건 아니겠지?"

"넘칠락 말락 하던 잔에 네가 물 한 방울을 들이부은 셈이지. 어제 내가 과음했나? 그렇게 형편없었어?"

"말도 마. 모르는 게 나을걸."

눈썹을 찡그리는 그녀를 보면서 나는 두 손으로 머리를 쥐어짜듯 움켜쥐었다.

"무슨 일인지 얘기 좀 해봐. 여기 도착하자마자 악몽을 꾼 것 같다니까. 그 미친 여자는 다시 돌아와 있질 않나, 에드워드는 네게 집적대는 놈팡이한테 주먹질을 하질 않나, 넌 바에서 발정 난 암캐처럼 굴질 않나."

나는 머리를 움켜쥐고 있던 손가락을 천천히 피며 그녀를 쳐다보았다.

"미친 여자? 누구 말이야?"

"누구긴 누구야. 메간이지."

"오빠의 부인을 미친 여자 취급하는 거야?"

"어디서 그런 소릴 듣고 와서 그래. 누가 오빠 부인인데? 오빠가 결혼했으면 내가 제일 먼저 알지 않겠어?"

"그 여자가 자신을 직접 그렇게 소개하던데. 에드워드도 부인하지 않았고."

"완전 또라이니 그냥 놔 둔 거지. 잠깐! 내가 모르는 게 하나 있는데, 그 여자가 한밤중에 들이닥쳤을 때 너도 그 자리에 있었다는 거야?"

"응." 나는 두 눈을 내리깔면서 대답했다.

"오빠하고 잔 거야?"

"그럴 시간이 없었지."

"젠장. 그 정신 나간 여잔 안테나가 있는 거야 뭐야. 그건 그렇고 오빠도 하여튼 비겁하다니까."

거실 안을 서성거리는 그녀를 보고 있으니 머리가 어지러웠다. 나는 다시 담배 한 개비를 꺼내 입에 물고는 베란다 창 쪽으로 걸어갔다. 멀리 바닷가를 걷고 있는 에드워드를 보며 차가운 유리창에 이마를 갖다 댔다.

"디안느!"

"왜?"

"우리 오빠 사랑해?"

"그런 것 같아. 뭔가 나를 끌어당기는 게 있어. 둘이 있을 때 더 없이 좋았고. 그런데 어쩔 수 없지. 그들이 결혼하진 않았다 해도 어쨌든 같이 있는 거니……."

"그게 아니야. 오해야."

쥬디트는 소파에 털썩 주저앉아 담배에 불을 붙이고는 잔뜩 인상을 쓰면서 나를 뚫어져라 쳐다보았다.

"이런 얘기한 걸 오빠가 알면 죽이려들 텐데. 그런데 어쩔 수 없어. 자, 여기 와서 앉아 봐."

나는 고분고분 그녀가 하라는 대로 했다.

"오빠가 저렇게 못되게 구는 건 부모님이 일찍 돌아가셨기 때문만은 아니야. 메간과의 관계가 오빠의 삶을 몽땅 망쳐 놓았기 때문이야. 아비가 혼비백산해서 내게 전화를 했을 때 정신없이 달려온 것도 그 때문이지."

"그 여자가 도대체 뭔데?"

"전형적인 기회주의자라고 할까. 사람을 벼랑 끝으로 몰아세우는 여자야. 아주 사악하지. 메간은 늘 출세하길 바라면서 사회적으로 높은 지위를 누리고 싶어 했어. 그것도 온갖 수단과 방법을 다 동원하고, 사람들을 철저하게 이용해서. 제로 상태에서 출발해 혼자 그렇게 모든 걸 쌓아 나갔어. 지금의 위치까지 오르기 위해 그야말로 미친 듯이 일을 했지. 지금은 더블린에서 유명한 헤드헌팅 사에서 일하고 있어. 자신의 목표를 달성하기 위해서라면 눈 하나 깜짝 하지 않고, 부모님까지도 부정할 수 있는 그런 여자야. 연민이라고는 눈곱만치도 없고, 영악하고, 똑똑하고, 특히 사람의 마음을 마구 흔들고 조정할 줄 아는 여자지."

"에드워드가 그런 여자를 좋아해?" 내가 비웃는 듯한 말투로 물었다.

"나도 몰라. 어쨌든 오빠가 이 세상에서 유일하게 함께 지낸 여자인 건 맞아."

"그럼 그녀가 에드워드에게 '인생의 여자' 라는 뜻인가?"

"어떤 면에서는."

나는 두 눈을 크게 뜨고는 불쾌한 감정을 억제하느라 애를 썼다.

"네가 알고 있어야 하는 건 오빠가 그녀를 만나기 전에는 어떤 여자하고도 진지하게 사귀지 않았다는 거야. 모든 남녀 관계는 결국은 깨지기 마련이라고 철저하게 믿고 있었으니까. 누군가를 사랑을 하게 되면 언젠가는 배반당하고 버림을 받게 될 거고, 결국은 고통 속에서 헤어나지 못할 거라고 믿었지. 그래서 오빠는 항상 내일을 약속하지 않아도 되는 그런 가벼운 연애만 즐겼던 거야. 적어도 그 여자를 만나기 전까지는. 처음엔 물론 사냥에서 얻은 트로피처럼 그녀를 대했지. 그런데 그 여자가 오빠를 요리하기 시작한 거야. 정말 매정한 여자지. 오빠를 완벽하게 사방에서 포위해 꽁꽁 묶어 두고는 결국 자신의 손안에 넣어 버린 거야. 오빠는 결국 그녀의 흔들리지 않는 결단력과 추진력, 자신감, 또 격렬한 분노의 감정 같은 것들에 완전히 빠져 버렸지. 그런 오빠의 가슴에 메간은 온갖 미사여구를 늘어놓으며 깊숙이 칼을 꽂았던 거고. 영원한 사랑을 믿고, 화목한 가정을 꾸미고 싶어 하는 정숙한 여자처럼 행동했지."

쥬디트의 말을 듣고 있자니 마음속에서 거센 분노가 불쑥 치밀어 올랐다. 가슴 깊은 곳에 시퍼런 살기마저 감도는 것 같았다. 어떻게 그가 그런 여자에게 넘어갈 수 있었을까?

"그럼, 너는 그때 그 여자를 믿지 않았던 거야?"

"그녀에 대해 뒷조사를 조금 했지. 별로 느낌이 좋지 않았거든. 솔직히 말해 너무 세속적이고, 달콤한 말만 늘어놓는다는 인상을 지울 수 없었어. 그런데 내 예감이 맞았던 거야. 그녀는 오빠를 이미 잘 알고 있었고, 그와 일부러 가까워지려고 했다는 걸 알았지. 그녀는 자신의 경력에 어울릴 만한 남자가 필요했던 거야. 어딘가 우수에 젖은 듯하고, 어둡고, 고통스러워하는 오빠의 예술가 분위기를 필요로 했던 거야. 자신의 탐욕스럽고 냉정한 이미지를 부드럽게 무마시켜 줄 그런 남자 말이야. 에드워드에게 이런 내 생각들을 털어놓았다가 하마터면 오빠를 아예 잃어버릴 뻔했어. 그 사건 뒤 몇 달 동안은 내게 말 한 마디도 걸어 오지 않았으니까.

"그래서 어떻게 되었는데?" 나는 좀처럼 화가 삭혀지질 않았다.

"진정하고 들어……. 꽤 충격적인 일이니까. 그 무렵, 오빠는 일에 만족 못하고 불안한 시기를 보내고 있었어. 어느 잡지사에서 일하고 있었는데, 기회만 되면 자기 일을 하고 싶어 했지. 그런데 메간이 결사적으로 반대하고 나섰어. 나야 예전부터 그녀가 생활이 불안정해질까 봐 조바심내고 있었다는 걸 알고 있었지. 그 얘긴 거기까지 하고. 어쨌든 오빠는 메간의 말을 들으려고 노력했지. 그런데 한 번은 그녀가 도를 넘어선 거야. 오빠를 완전히 돌게 했으니까. 서로 욕을 하며 싸울 때는 한 방에 있을 수가 없을 정도였어. 그 전까지만 해도 오빠는 그녀를 필요로 했고, 자기를 지지해 줄 거라고 믿고 있었어. 하지만 그녀가 창녀처럼 구는 건 용서할 수 없었던 거지. 그녀를 그 자리에서 내쳐 버렸어. 자세한 내막을 들으면 너도 당연하다고 생각할 거야."

나는 두 주먹을 불끈 쥔 채 당장이라도 폭발할 것 같은 분노를 감추려고 애썼다.

"좀 더 자세히 얘기해 줄 수 있어?" 나는 이를 꽉 물고는 낮은 목소리로 중얼거렸다.

"오빠가 촬영 출장에서 돌아와 보니, 메간이 오빠의 동료 중 하나를 그들의 침대로 끌어들여 뒹굴고 있었던 거야."

"세상에!" 나는 벌떡 자리에서 일어서며 소리쳤다.

"오빠가 그놈의 얼굴을 사정없이 쳤지. 메간이 애원하는 바람에 결국 살려 주긴 했지만. 그리고는 곧바로 자기 차에 짐을 다 싣고 집을 나온 거고. 물론 메간이 매달렸지. 다시는 그런 일이 없을 거라고, 다시 잘해 보겠다고, 여전히 사랑한다며 매달렸던 거야. 오빠가 그 어떤 말도 듣고 싶어 하지 않았다는 건 충분히 짐작하고도 남을 거야."

나는 우리에 갇힌 사자처럼 주위를 서성거렸다. 쥬디트를 눈에서 떼지 않은 채 제자리를 쉬지 않고 맴돌았다.

"그랬겠지."

"오빠는 일이 좀 정리되면 청혼할 생각이었거든. 그러니 얼마나 끔찍하고, 지옥 같았겠어."

"근데 어떻게 헤어 나올 수 있었지?"

"그게……. 네가 본 그대로야. 피피만 데리고 피난처로 숨어 버린 거야. 아란 섬까지 도망친 거지. 그리고는 두 달이 넘도록 완전히 증발해 버린 거야. 아무도 그가 어디에 있는지 알 수 없었어. 실종 신고를 할 생각까지 했으니까. 그러던 어느 날, 이곳에 나타나 아비와 잭에게 부모님 집 열쇠를 달라고 했던 거야. 그러고 나서 서서히 정착한 거고. 그때부터 여자 문제로 고통받는 일은 절대 없을 거라고, 혼자 살겠다고 작정했던 거고."

"그런데 메간은 왜 여기까지 찾아온 거지? 뭘 원하는 건데?"

"오빠를 원하는 거지. 자기 마음대로 조정하고 싶어 했으니까. 어쨌든 그것 또한 그녀가 사랑하는 방식인지도 모르겠어."

나는 양쪽 어깨를 축 늘어뜨렸다.

"메간은 한 번도 오빠를 잊은 적이 없었어."

내가 의아해하는 표정을 짓자 쥬디트가 말했다.

"그의 마음을 돌리려고 벌써 5년째 저러고 있거든. 내 발 아래 엎드려 통곡을 한 적도 있고. 어쨌든 그녀는 오빠가 사랑했던 유일한 여자였어. 오빠에게 못할 짓을 했지만 오빠가 일로 더블린에 갈 때면 가끔 서로 만나는 것 같았어. 물론 그녀가 일방적으로 오빠를 쫓아 다닌 거였지만. 어디를 가야 오빠를 만날 수 있다는 것까지 너무 잘 알고 있는 여자야. 어쨌든 둘이 만나는 날이면 오빠가 우리 집에 들어오지 않았지. 우연인지는 몰라도. 말하자면 마약에서 헤어나고도 다시 빠지는 것과 같다고 할까."

"어쨌든 그녀가 에드워드를 꼭 붙들고 있다는 뜻이네." 내가 툭 하고 내뱉었다.

"예전에는 그랬지. 그런데 지금은 아니야. 네가 어떻게 했는지는 잘 모르지만 네가 여기 온 뒤로 오빠가 많이 달라졌어. 네게 어떤 비법이 있는 게 분명해. 크리스마스 때도 오빠가 집 밖으로 나온 건 네가 있어서였어. 그리고 무엇보다 너를 자신만의 피난처로 데리고 갔잖아. 아란 섬은 오빠만의 비밀 공간이거든."

"그동안 내가 에드워드의 마음을 잘 몰랐던 것 같아."

나는 가만히 한 자리에 멈춰 서 있을 수가 없었다. 담뱃갑에서 담배 한 개비를 꺼내 불을 붙였다. 그리고는 마음을 진정시키려고 길게 한 모금 빨아들였다.

"오빠가 너무 걱정 돼. 오빠가 너와 새로운 관계를 시도해 보려고 하는데, 귀신같이 알고 메간이 나타났으니. 그리고는 온갖 수단과 방법을 동원해 자기 삶에는 오빠밖에 없다고, 오빠가 원한다면 여기에 와서 살 수도 있다며 맹세까지 하고 나서니. 그러니 오빠가 완전히 미칠 지경이겠지."

"그 여자가 왔을 때 오빠는 날 붙들지 않았어. 며칠 지난 뒤, 직접 찾아가 어떻게 된 일인지 해명해 달라고 부탁했지만 단번에 무시해 버렸지. 어쩌면 복잡한 일이 아닐지도 몰라. 오빠는 이미 선택을 한 거지. 게다가 지금은 그 여자랑 함께 지내고 있고."

"아니야. 오빠가 메간을 호텔에 묵게 했어. 오늘밤, 오빠가 어떻게 나오는지 봤지. 바 주인한테 전화를 받고부터 네가 걱정되는지 안절부절못하더라고. 결국 바로 달려가 네가 다른 남자랑 있는 걸 목격한 거지. 속으로 오빠가 어떻게 나올지 나까지 무서웠다니까."

"네 말이 다 맞는다고 쳐. 이제 와서 내가 뭘 어떻게 할 수 있겠어?"

"다 해봐야지. 할 수 있는 건 다. 오빠를 정말로 원한다면."

나는 창밖으로 고개를 돌려 에드워드를 찾았다. 혼자 바닷가를 거닐고 있는 그가 어느 때보다 더 가깝게 느껴졌다.

"물론 원하지."

"그럼, 이제 움직여 봐. 오빠를 설득하고 유혹해 보라고. 필요하다면 그 앞에 가서 엉덩이를 흔들어 대라고. 인생의 여자는 그 멍청이가 아니라 너라는 사실을 증명해 보이란 말이야. 이빨을 드러내고 싸워 봐. 물론 그 여자를 상대하려면 명예로운 싸움은 불가능하다는 것쯤은 명심해야 하지만. 그래도 용기를 내 봐. 그녀의 철통 같은 방어막을 걷어 내 보라고. 물론 오빠가 두 여자 모두를 뿌리치고 또 다른 피난처로 영원히 사라져 버릴지도 모르지만……."

9

LE CONSULAT
AUBERGE DE LA BONNE FRANQUETTE
RESTAURANT LE CONSULAT
CAFE

쥬디트는 내게 메간과 맞서 싸우겠다고 맹세하라며 다그치고는 더블린으로 떠났다. 전쟁에 뛰어들기 전 전력을 잘 가다듬으라는 충고와 함께. 잠자리에 들려고 하는데 쾅쾅 문 두드리는 소리가 났다. 끔찍한 하루가 아직도 끝나지 않은 건가. 문을 열어 보니 메간이 턱 버티고 서 있는 것이었다. 너무도 어이없는 그녀의 등장에 헛웃음이 터져 나올 뻔했다. 세상에, 잠깐도 숨 돌릴 틈을 주지 않는군. 현관 앞에 우뚝 서서 그녀는 나를 발끝에서 머리끝까지 쭉 훑어보았다. 나도 그 틈을 타 그녀를 재빨리 살폈다. 둘이 그렇게 가까이 대면한 건 처음이었다. 머리를 꼿꼿하게 세우고 서 있는 그녀의 두 눈에는 자신만만함이 가득했다. 도도한 여자의 아름다움마저 느껴졌다. 누구든 그녀 옆에 서면 고등학교를 갓 졸업한 사회 초년생처럼 보일 것 같았다. 주말이면 명품 청바지에 뾰족한 하이힐을 신고 고급 매장을 누비는 섹시한 커리어우먼의 모습도 있었다. 구두 굽에는 흙먼지 하나 묻어 있지 않았고, 깔끔하게 매니큐어를 바른 손톱은 반짝거렸다. 광란의 파티를 보낸 다음 날 아침의 초췌한 내 몰골에 비해, 그녀가 백배 유리하다는 사실만은 인정해야 했다.

"디아나라고 했나요?"

"아니오. 디안느예요. 무슨 일이죠?"

"에드워드가 어젯밤에 당신을 구해 줬다고 하던데?"

"네, 그래서요? 당신하고 상관없는 일이에요."

"그이 주변에서 얼쩡대지 말아요. 내 남자니까."

기어이 풋 하고 웃음이 터져 버렸다.

"웃고 싶으면 얼마든지 웃어요. 비웃어도 상관없어요. 근데 헛물은 켜지 마세요. 당신은 그이가 좋아하는 스타일의 여자가 아니니까. 솔직히 자기 모습 좀 거울로 들여다보시지."

그녀는 기가 막힌다는 표정을 지었다.

"겨우 그 말밖에 할 말이 없어요? 내가 양보할 줄 알아요? 마음대로 해봐요."

예상치 못한 내 반격에 그녀는 싸늘한 미소를 지어 보였다.

"그이 앞에서 불쌍한 척했나 본데? 맞죠?"

순간 숨이 턱 막혔다. 다리가 떨리기 시작하면서 나도 모르게 눈물이 주르륵 흘러내렸다. 문틀에 한쪽 어깨를 기대야 했다.

"불쌍한 여자 같으니라고."

메간이 쌀쌀맞게 내뱉었다. 그때 자동차 엔진 소리가 멀리서 들려왔다.

"잘 됐네요. 에드워드가 당신의 멋진 몰골을 볼 테니 차라리 잘됐어요." 그녀는 여전히 비아냥거렸다.

에드워드가 우리 쪽으로 성큼성큼 걸어왔다.

"여기서 뭐하고 있는 거야?" 그가 메간에게 물었다.

나는 반사적으로 고개를 떨어뜨렸다.

"디안느가 아주 험한 일을 당했다는 걸 좀 전에 들었어. 남편과 딸을 잃었다고. 위로의 말이라도 전하려고 왔지."

그녀는 맘에도 없는 말을 잘도 요리해 선보였다.

"다 끝났어?"

그의 나무라는 듯한 카랑카랑한 목소리에 깜짝 놀라 나는 고개를 들었다. 그가 메간을 쏘아보고 있었다. 그녀는 조금도 아랑곳하지 않고 나를 걱정하는 표정을 지어 보이더니, 내 쪽을 돌아보며 내 팔에 손을 얹는 것이었다.

"미안해요. 상처를 건드리고 싶진 않았어요. 우리의 도움이 필요하면 언제든 연락해요. 기분이 괜찮아지면 여자끼리 술 한잔 해도 좋고요, 그러면 한결 좋아질 거예요."

"메간, 이제 됐어. 그만해." 에드워드가 말을 끊었다. "다 알아들었으니까. 열쇠 들고 빨리 집에 가 있어."

그녀는 내 뺨에 얼굴을 맞대고 인사했다. 유다의 입맞춤이었다. 그녀는 가다 말고 돌아서서 에드워드에게 물었다.

"당신은 같이 안 가?"

"디안느하고 할 얘기가 있어."

그녀는 억지 미소를 지어 보였다. 나는 그 모습에 바보처럼 기분이 좋아졌다.

"그래요. 충분히 같이 있다 와요. 맛있는 저녁 준비해 놓을게요." 그녀가 그에게 다가가 속삭였다.

그녀는 발뒤꿈치를 살짝 들고는 그의 입술에 키스했다. 에드워드의 손이 그녀의 허리춤을 잡는 걸 목격하자, 나는 다시 바람 빠진 고무풍선처럼 꺼져 버렸다. 메간은 내게 살짝 승리의 윙크를 던지고는 에드워드 집 쪽으로 갔다. 나는 어처구니 없어 하는 눈빛으로 에드워드를 바라보았지만 그는 손으로 머리칼을 쓸어내리며 내 눈길을 외면했다. 도대체 메간을 보내고 나와 무슨 얘기를 하겠다는 건지.

"빨리 가 보세요. 기다리게 하지 말고."

"지난 밤, 왜 그랬죠?"

"죽도록 후회되는 게 있어 상처 입은 마음을 달래야 했거든요."

우리는 한동안 서로의 눈을 똑바로 쳐다보았다.

"내게 뭘 원하죠?" 그가 결국 입을 열었다.

"당신의 삶을 스스로 잘 꾸려 나가길 바래요. 중대한 결정은 신중하게 내렸으면 좋겠고."

그는 담배를 입에 문 채 내게 등을 돌렸다.

"마음이 좀 복잡해요. 지금은 뭐라 할 말이 없어요. 어쨌든 지금은."

그리고는 돌아서 걷기 시작했다.

"에드워드."

그가 멈춰 섰다.

"당신 삶에서 날 밀쳐 내지 말아요."

"나도 그러고 싶어. 하지만 그럴 수가 없어."

그 말만 남기고 그는 집 방향으로 걸어갔다. 메간이 기다렸다는 듯이 현관 밖으로 튀어나왔다. 아까부터 우리를 지켜보고 있었던 게 틀림없다. 그녀가 그를 끌어안고 안으로 들어갔다. 드디어 전쟁이 시작된 건가. 메간이 훨씬 유리한 고지를 차지하고 있었다. 그를 너무나도 잘 알고 있었고, 그에게 무슨 말을, 언제, 어떻게 해야 하는지도 잘 알고 있었다. 무엇보다 그들은 둘만이 함께 보낸 시간들을 공유하고 있었다. 그녀는 얼마든지 그걸 무기로 활용할 수 있는 여자였다. 반면 나는 언제 깨질지 모르는 달걀 위를 걷듯 불안했다. 그와 함께 나눈 게 과연 무엇일까. 떠올리기도 민망한 다툼들, 그리고 몇 주간의 휴전? 이런 질문들을 스스로에게 던지며 서서히 잠에 빠져들었다.

어쨌든 어젯밤 메간은 그의 집에 머물지 않았다. 내게는 중요한 사실이었다. 한참 전부터 에드워드가 사진기를 들고 바닷가를 거닐고 있는데, 그녀가 도착했다. 하이힐을 신고 모래 위를 뒤뚱거리는 그녀의 모습을 보고 있으니 피식 웃음이 났다. 피피가 그녀에게 막무가내로 달려들었다. 자꾸 웃음이 삐져 나와 참기 힘들었다. 피피는 별에서 온, 둘도 없는 나의 우군임에 틀림없었다. 물에서 막 빠져나와 모래에 뒹군 터라 메간의 캐시미어 외투는 완전 엉망이 되어 버렸다. 그때, 눈앞이 별안간 환해졌다. 그동안 에드워드와 함께 나눈 것이 무엇인지 확연해졌다. 적어도 이것만큼은 그녀가 나를 따라올 수 없다는 확신이 들었다.

유혹의 장비로 손으로 짠 순모 모자와 목도리를 선택했다. 해변으로 향하는 발걸음이 가벼웠다. 메간에게 보여 주고 싶었다. 칠면조 같은 그녀에게 증명해 보이고 싶었다. 내가 가까이 다가오는 걸 알아채지 못하고 그녀는 투덜투덜 혼잣말을 중얼거렸다.

"이 거지 같은 곳에서 절대 썩는 일은 없을 거야. 에드워드를 더블린으로 빨리 데려가야지. 저 몹쓸 놈의 개는 떠나기 전에 안락사시켜 버리고."

'세상에, 어떻게 저런 끔찍한 생각을 할 수 있을까!'

"메간, 안녕!" 나는 그녀 앞을 지나치며 인사했다.

그리고는 보란 듯이 휘파람을 불었다. 피피가 그대로 내게 달려들었다. 나는 두 발로 버티고 서서 그의 털을 쓰다듬어 주었다. 내가 막대기를 집어 들자 피피가 기뻐서 펄쩍펄쩍 뛰기 시작했다. 나는 막대기를 멀리 던지며 나의 적군에게 살짝 윙크해 보이는 여유를 부리고는 계속 바닷가로 걸어갔다. 에드워드가 나를 멀리서 지켜보고 있었다. 나는 높이 손을 흔들어 인사를 하고는 피피와 즐거운 시간을 보냈다. 내가 바다에 나와 있는 걸 에드워드가 알고 있는 것만으로도 충분했다. 피피와 장난치는데 몰두하느라 정작 그가 내게 다가온 걸 알아채지 못했다.

"디안느!"

나는 회심의 미소를 감추려고 애쓰면서 에드워드 쪽으로 몸을 돌리려는데 피피가 내게 달려들었다. 내 손에 막대기가 쥐어져 있었으니 당연한 일이었다. 나는 그대로 모래 위로 쓰러졌다. 까르르 웃음이 터져 나왔다. 그래. 내가 원한 게 바로 이것이었다. 나의 친절한 공범자가 혀로 내 얼굴을 핥자, 나는 자지러지게 웃으며 손에 들고 있던 막대기를 멀리 던졌다. 피피가 내게서 떨어졌을 때야 나는 두 눈을 떴다. 그런데 에드워드가 내 양쪽 어깨에 두 발을 버티고 서서 나를 내려다보고 있는 것이었다. 몹시 피곤한지 눈 밑으로 다크서클이 짙게 드리워져 있었다. 그럼에도 두 눈은 날 향해 빙그레 웃고 있었다.

"당신 몰골이 어떤지 지금 볼 수 있다면!"

"내가 그런 건 전혀 상관하지 않는다는 걸 당신이 알 수 있다면!"

그가 내게 손을 내밀어 일으켜 주는 바람에 잠깐이지만 그와 몸이 맞닿았다. 이어 그가 엄지로 내 얼굴에 묻은 모래 알갱이를 일일이 털어 주었다. 그의 얼굴에 예전에 보았던 그 부드러운 기운이 감도는 걸 보고 용기를 냈다.

"같이 좀 걸을래요?" 내가 물었다.

그는 내 얼굴에서 손을 떼어 내고는 바다 쪽으로 눈길을 돌렸다가 다시 내게 얼굴을 돌렸다.

"집에 들어가려던 참이에요. 인화 작업할 게 있어서."

잠시나마 행복했던 순간이었는데, 카메라를 챙기러 가는 그의 뒷모습을 보니 길게 한숨이 흘러나왔다.

"아란 섬에서 찍은 사진 보고 싶어요?" 언제 돌아와 있었는지 그가 불쑥 내게 물었다.

"물론이죠."

"그럼 같이 가요. 사진 줄게요."

둘이서 나란히 바닷가를 거슬러 올라가는 시간만큼은 메간의 존재를 잊을 수 있었다. 그녀는 자동차에 몸을 기댄 채 우리를 기다리고 있었다.

"여기서 뭘 하고 있는 거야? 바다 싫어하잖아."

에드워드가 퉁명스럽게 물었다.

"당신 보러 왔지. 계획 하나 세운 게 있는데, 같이 얘기 좀 하려고."

"지금은 시간이 없어. 할 일이 있어."

"기다릴게."

에드워드는 그녀의 말에 아무 대꾸하지 않고 앞장서 걸어갔다. 나는 그 뒤를, 그리고 메간은 내 뒤를 따라왔다. 그녀는 상대의 생각 따윈 아랑곳하지 않는 것 같았다. 나는 문 앞에 서서 그가 나오기를 기다렸다. 반면 메간은 아무렇지도 않다는 듯 나를 밀치고는 안으로 들어갔다.

"내가 지금은 안 된다고 했잖아." 문 바깥까지 그의 단호한 목소리가 들려왔다.

"근데 저 여자는 왜 저러고 있는데?"

"에드워드가 주기로 한 사진이 있어서 기다리는 거예요. 그게 다예요. 사진만 받고 갈 거예요."

그가 이층으로 올라가는 걸 보면서 나는 담배에 불을 붙였다.

메간은 사나운 경호견처럼 한 발짝도 움직이지 않았다. 구두를 신은 몰로스 개(역주: 집을 지키는 큰 개)라고 할까?

잠시 후 에드워드가 커다란 봉투를 들고 계단을 내려와 말없이 내게 건넸다.

"고마워요. 다음에 봐요."

"언제든."

나는 그에게 빙그레 웃어 보이고는 집 쪽으로 걸어갔다. 뒤에서 같이 있고 싶다고 매달리는 메간의 목소리가 들려왔는데, 결국은 거절당한 것 같았다.

집에 막 들어가려는데 그녀가 나를 불러 세웠다.

"잠깐!"

오늘의 승리를 조금은 즐기고 싶은 마음에 나는 뒤를 돌아보며 가장 위선적인 미소를 지어 보였다. 그녀는 치밀어 오르는 화를 어쩌지 못하고 내게 소리를 질렀다.

"그 사진 뭐야?"

"아, 이거요?" 나는 그녀의 코 앞에 봉투를 흔들어 댔다.

"장난치지 말고!"

"에드워드하고 아란 섬에 갔을 때 찍은 사진이에요. 독사진하고 그와 함께 찍은 사진이에요"

"거짓말!"

"믿지 못하겠어요? 거짓말 아닌데. 너무 아늑한 펜션에, 푹신한 침대, 사랑하는 연인들을 위한 최상의 섬이더군요."

"이리 내놔."

그녀가 내 손에서 봉투를 빼앗았다. 내가 비록 철저한 무신론자이긴 했지만 그 순간만큼은 신에게 나로 하여금 도를 넘지 않게 해달라고 빌었다. 질투와 분노로 일그러지는 그녀의 얼굴을 보니 조금은 미안한 마음마저 들었다. 처음 발견하는 성당에 들어가 양초를 밝히고 싶은 심정이었다.

"말도 안 돼. 거짓말 마."

그녀는 계속 똑같은 말만 되풀이했다.

"거짓말 아니에요."

그녀는 나를 뚫어져라 쏘아보더니 내 얼굴 한가운데 사진을 내던지고 자동차 쪽으로 걸어갔다.

"어디 두고 보자고!"

나는 사진을 찬찬히 집어 들었다. 내가 그녀였다면 그 자리에서 발작 증상이라도 일으켰을지도 모르겠다.

집으로 돌아와 사진을 유심히 들여다보았다.

다음 날 저녁, 에드워드를 만날 수 있기를 은근히 기대하면서 바에 갔다. 바 주인이 내게 활짝 웃어 보였다. 나는 등받이 없는 둥근 의자에 올라앉았다.

"지난번엔 정말 미안했어요."

"걱정 말아요. 누구나 한번쯤은 그럴 때가 있죠."

맥주 한 잔을 내주며 그가 말했다. "이건 서비스예요."

"고마워요."

바 주인이 입구 쪽을 보고는 천장을 향해 두 눈을 치켜떴다.

"잘해 봐요."

"뭘요?"

"디안느, 안녕." 메간이었다.

그녀는 보란 듯이 내 곁에 앉아 화이트 와인 한 잔을 주문했다. 에드워드가 옆에 없는 게 얼마나 다행인지. 우아한 자태를 뽐내는 그녀와 비교당하고 싶지 않았다. 어떤 남자도 그녀의 매력에 저항할 수 없을 것 같았다. 검은 드레스는 결코 천박하지도, 지나치게 선정적이지도 않았다. 한 마디로 섹시하면서도 품위가 넘쳤다. 가슴팍이 깊이 파인 옷을 보고 있으면 더 벗겨 보고 싶은 욕망이 일어날 정도였으니.

"한 가지 거래하고 싶은 게 있어요."

나는 어느 때보다 의심스런 눈길로 그녀를 돌아다보았다.

"당신하고 에드워드 사이에 뭔가 있었다는 거 인정해요. 내면적인 부분에서 당신이 나보다 경쟁력이 있다는 것도. 감탄스

럽죠."

예상치 못한 말이었다.

"무슨 말을 하고 싶은 거죠?"

"당신이 어떻게 하든 에드워드는 내 거예요. 하지만 어쨌든 그의 머릿속에 당신이란 존재가 자리를 차지하고 있다는 건 받아들여야겠죠. 며칠 다른 곳에 가 있으려고 해요. 그러니 그를 얼마든지 유혹하고, 원하면 잠도 같이 자 봐요. 그러고 나면 그는 결국 나한테 돌아오게 될 거예요. 더는 호기심이 없어질 테니."

"아무래도 당신은 정신과 치료를 좀 받아야겠어요."

"애써 정숙한 척할 필요는 없어요. 남편이 죽은 뒤 다른 남자하고 잠자리를 하지 않았다는 것쯤은 직감적으로 알고 있으니."

나는 갑자기 속이 메스꺼워지면서 몽땅 토해 내고 싶어졌다.

"에드워드와 섹스의 기쁨을 나누는 건, 그 자체만으로도 아주 멋진 일인 셈이라고요. 솔직히 당신한테 선의를 베푸는 거라니까요."

더는 보탤 말이 없을 정도로 내 앞에 벌어지는 상황이 너무 우울했다.

"거절하는 건가? 뭐, 그럼 안됐지만 할 수 없지."

그녀는 내게 마지막 눈길을 보내고는 가방에서 휴대전화를 꺼내 전화를 걸었다.

"에드워드, 나야." 그녀가 애교 섞인 목소리로 말했다. "나 지금 바에 와 있는데, 당신 생각했어. 오늘 저녁에 볼 수 있어? 할 말이 있어서."

대화가 길어지면서 그녀의 목소리가 달라졌다. 더 부드럽고, 감칠맛 나는 목소리가 이어졌다. 그녀는 그야말로 손가락 하나만 까딱해서도 원하는 걸 얻을 수 있는 그런 여자였다.

"어젠 내가 미안했어. 나도 알아. 당신이 일할 때는 혼자 조용히 있어야 한다는 거."

에드워드가 뭐라 답했는지는 들을 수 없었지만 그녀의 말로 충분히 짐작할 수 있었다.

"그리고 디안느하고 시간을 함께 보내는 걸 갖고 뭐라 하지 말았어야 했어. 당신은 친절하고 좋은 남자잖아. 그녀가 힘들어 하니 도와주려고 하는 게 당연하지. 내가 그동안 너무 부끄럽게 행동했어."

에드워드가 이런 말도 안 되는 거짓말을 믿도록 내버려 둘 순 없었다.

"그런데 당신이 다른 여자랑 같이 있는 걸 보는 게 너무 힘들어." 그녀는 거의 흐느끼다시피 했다. "당신한테 예전에 내가 한 짓이 얼마나 못된 짓이었는지 이제 알 것 같아. 우리 사이가 전처럼 되길 바랄 뿐이야."

유치하기 짝이 없는 이런 연출이 먹힐 리가 없다. 말도 안 돼. 에드워드가 이런 어처구니 없는 함정에 빠질까. 포악한 호랑이 같은 여자의 발톱에 다시 상처받게 되는 건가. 그것도 공격할 줄 모르는 불쌍한 고양이 행세를 하는 그런 여자에게.

"제발. 내가 이렇게 애원하잖아. 제발 그러겠다고 말해 줘. 오늘밤만이라도. 내가 이곳에 와서 사는 문제도 같이 얘기하고."

그녀는 콧소리를 내 가며 살랑거렸다. 그녀의 입가에 가증스런 미소가 감돌았다.

"고마워. 여기서 기다릴게."

거의 쓰러지기 직전이었던 그녀가 부활한 듯 회심의 미소를 지으며 대답했다.

바보, 멍청이 같으니라고! 그녀는 전화를 끊자마자 가방에서 거울을 꺼내 화장을 고치기 시작했다. 치장을 끝낸 그녀가 나를 돌아다보았다.

"에드워드는 절대 변하지 않아. 나는 그가 무슨 말을 듣고 싶어 하는지를 너무 잘 알고 있거든."

"당신 정말 역겨워요. 어떻게 그렇게 말할 수 있어요. 그런 거짓말을."

그녀는 손등으로 나의 지적을 뿌리치며 말했다.

"한 가지 충고해 줄까? 그를 기다리느라 소중한 저녁 시간 허비하지 마!"

그녀는 보란 듯이 깔깔거렸다.

"가여운 디안느, 내가 다 귀띔해 줬는데도 못 알아들으니."

나는 테라스로 나가 아무 생각 없이 술을 입 안에 털어 넣기 시작했다.

바 안으로 다시 돌아왔을 때 에드워드는 이미 도착해 있었다. 둘이서 막 바를 나서려던 참이었다. 그녀는 한 팔로 그의 허리를 감싸고 있었다. 나도 모르게 주먹이 불끈 쥐어졌다.

"어머, 디안느 아냐?" 그녀가 그에게 물었다.

"그러네." 그가 내 쪽을 보며 대답했다.

그녀가 그를 내게 데리고 왔다. 우리는 서로 뚫어지게 바라보았다.

"안녕." 메간이 먼저 인사했다.

"여기 있는지 몰랐네요. 알았다면 같이 한 잔 할걸. 그럼 서로를 좀 더 잘 알 수 있었을 텐데."

그녀는 극도로 친절한 미소를 지어 보였다. 에드워드는 처음 보는 그런 낯선 눈길로 그녀를 쳐다보고 있었다. 메간의 놀라운 연기력에 완전히 넋이 나간 나는 조금도 저항할 수 없었다.

"우린 가 봐야 해요. 식당을 예약해 두었거든요. 조만간 봐요."

그야말로 무방비 상태에 놓인 나는 바보같이 고개만 설레설레 흔들 뿐이었다.

"차에 먼저 가서 기다려." 에드워드가 말했다.

그녀는 그의 뺨에 입맞춤을 하고는 '다음에 봐요' 라고 내게 인사했다. 내 눈은 여전히 그녀의 뒤를 따라가고 있었다. 에드워드도 문 앞에서 돌아보며 손을 흔드는 그녀를 보고 있었다.

"당신 정말 저 여자와 저녁 시간을 보낼 생각인가요?"

"할 얘기가 있어서요."

"저 여자가 당신에게 했던 걸 잊지 말아요."

에드워드의 얼굴이 굳어졌다.

"당신은 그녀를 몰라요."

"당신에게 다시 상처 주지 못하게 해요. 그대로 내버려 두지 말아요."

"많이 달라진 건 사실이죠."

그가 돌아서려는 순간 내가 그의 외투를 붙잡았다.

"확신할 수 있어요?"

"좋은 시간 보내요."

결국 그를 놓아 주어야 했다. 그가 날 다시 한 번 가만히 응시하고는 되돌아 나갔다.

그날 저녁, 그는 일찍 집으로 돌아왔다. 덧문 사이로 빨간 불빛이 새어 나오는 걸 보고 그가 늦게까지 암실에서 작업하고 있다는 걸 알 수 있었다. 메간의 계획에 차질이 있었던 게 틀림없다.

다음 날 아침, 내 기분은 바닥으로 곤두박질쳤다. 두 사람이 다정히 해변을 거닐고 있는 것이었다. 침실 커튼 뒤에 서서 그들을 오랫동안 관찰했다. 그녀는 그의 팔에 딱 달라붙은 채 눈을 깜박거리며 미소짓고 있었다. 내 예감이 틀린 걸까. 그런데 자세히 보니 그가 그녀와 일정 거리를 유지하는 듯했다. 둘이 집 쪽으로 걸어와 차가 있는 곳으로 갔다. 에드워드의 얼굴 표정이 왠지 어두워 보였다. 그녀가 그의 가슴에 두 손을 얹자 그가 머리를 흔들며 뒤로 물러섰다. 메간은 아랑곳하지 않고 뒤꿈치를 들고 그의 뺨에 입을 맞췄다. 그리고는 차를 몰고 떠났다. 그는 담배 한 개비를 입에 물고는 집 안으로 들어가 나오지 않았다.

몇 시간 뒤 문 두드리는 소리가 나서 열어 보니 에드워드가 서 있었다.

"들어가도 돼요?"

내가 뒤로 한 발 물러서며 자리를 내주자 그가 거실 안으로 들어왔다. 눈빛이 왠지 조금 초조한 사람처럼 보였다. 그가 한동안 서성거렸다.

"내게 할 말 있어요?"

"떠나려고요."

"떠나다뇨?"

그는 뒤로 돌아서 내게 다가왔다.

"며칠 혼자 어디든 다녀오려고 해요. 곰곰이 생각해 봐야 할 것 같아서."

"이해해요. 메간은 어떻게 하고?"

"호텔에서 지낼 거예요."

나는 수염이 덥수룩하게 자란 그의 뺨을 어루만졌다. 이어 손가락으로 그의 다크서클을 따라 선을 그려 보았다. 그는 벼랑 끝에 서 있었다. 피로에 지쳐 어쩔 줄 몰라 하는 그를 향해 말했다.

"몸조심해요."

그는 나를 뚫어지게 쳐다보다 두 팔로 꼭 끌어안아 주었다. 그리고는 머리를 내 목덜미에 대고 부볐다. 어느새 내 눈에서 눈물이 흘러내렸다. 그는 얼굴을 들어 내 이마에 입을 맞추더니 이내 날 놓아 주고 아무 말없이 떠났다.

그날 이후 나는 깊은 우울증에 빠져들면서 대부분의 시간을 집 안에서 서성거리며 보냈다.

그 후 마치 아무 일도 없었다는 듯 여러 날이 흘렀다. 잔뜩 웅크리지던 내 마음도 차츰 풀어지기 시작했다. 메간하고 또다시 유치한 싸움을 벌이고 싶지 않았기에 집에서 한 발짝도 나오지 않았다. 에드워드가 우리를 피하려 한 게 당연한 일인지도 모른다. 그에게서 전혀 소식이 없어도 그다지 놀랍지 않았다. 대부분의 시간을 바닷가가 훤히 내려다보이는 베란다 창 앞 소파에 앉아 보냈다. 이전의 시간으로 거슬러 올라가 돌아다보기도 했다. 콜랭과 클라라의 죽음에서부터 에드워드와의 만남까지.

오후 무렵, 전화 벨이 울렸다. 펠릭스였다. 나는 잠시 머뭇거리다 대답했다.

"잘 지내지?"

"여전히 맥주에 빠져 지내시나?"

"바보, 가끔 마시지. 파리는 별일 없고?"

"아, 별 특별한 건 없어. 너는 어때?"

"나도 그저 그래."

"목소리가 이상한데. 어디 아파?"

"아니. 괜찮아. 잘 지내고 있어."

"지금은 뭐하고 있어?"

"내 미래를 생각하고 있지."

"그래서?"

"너무 지쳤어. 그런데 조금 있으면 답을 찾을 수 있을 것 같아."

"그럼 나한테도 꼭 알려 줘."

"그렇게 할게. 자, 다음에 또 연락할게."

전화를 끊고 담배에 불을 붙였다.

에드워드가 떠난 지 일주일이 지났다. 그동안 가능한 모든 시나리오를 떠올려 보았다. 늦은 오후, 갑자기 문 두드리는 소리가 났을 때 직감적으로 그가 돌아왔다는 걸, 진실의 순간이 다가왔다는 걸 알았다.

에드워드는 심각한 표정으로 문턱에 서서 나를 지그시 바라보았다. 갑자기 두려워지며 심장이 마구 뛰기 시작했다. 그는 한 마디도 하지 않고 집 안으로 들어오더니 베란다 유리창 쪽으로 다가갔다. 나는 그에게서 몇 발짝 떨어져 있었다. 그가 두 손으로 얼굴을 쓸어내리며 긴 한숨을 내쉬었다.

"메간이 여기에 왔을 때 너무 많은 일들이 한꺼번에 일어났어요. 정신을 차릴 수 없을 정도였죠. 그저 두려웠어요. 하지만 이미 모든 답이 내 안에 있었어요. 그것도 아주 오래전부터. 처음부터 내 자신에게 좀 더 솔직했다면 이런 바보 같은 과정은 피할 수 있었을 텐데."

"저한테 무슨 말을 하려는 거죠?"

나는 떨리는 목소리로 물었다.

"메간에게 떠나 달라고 했어요, 더블린 집으로 돌아가 달라고."

"후회하지 않을 수 있어요?"

"그녀는 이미 내 삶 밖에 있어요. 그녀와는 모든 게 끝났어요. 이제 우리 둘밖에 없어요. 우리 둘만."

나는 물끄러미 서서 그를 바라보았다. 커다란 짐을 내려놓은 듯 그의 얼굴이 너무도 편안하고 차분해 보였다. 그가 나를 향해 빙그레 웃고는 내게 다가와 허리를 감싸 안았다. 나는 그 자리에서 무너지지 않으려고 그의 셔츠를 붙들고 그의 눈길을 피했다. 그가 나를 끌어안으며 이마를 맞댔다.

"디안느, 당신하고 무언가를 만들어 내고 싶어요. 나는……."

나는 손가락을 그의 입에 갖다 댔다. 심장이 쿵쾅거리는 소리가 들릴 정도로 방 안 가득 침묵만이 흘렀다. 나는 그의 가슴을 짚고 있는 내 손을 바라보았다. 내 살갗에 와 닿는 그의 거친 숨소리를 느낄 수 있었다. 나는 천천히 그에게서 떨어져 나왔다. 뒤로 한 발 물러서서 소파에 미끄러지듯 주저앉았다. 그가 내게 다시 바싹 다가와 내 앞의 낮은 탁자에 걸터앉더니 내 손을 붙들었다.

"우리 처음부터 다시 시작해 봐요. 두려워하지 말고."

그의 눈을 가만히 바라보았다. 무슨 말이든 해야 했다. 더는 사랑을 가득 담은 그의 부드러운 눈길을 받고 있을 수가 없었다.

"내 말 잘 들어요. 그럴 거죠?"

그는 내게 미소 지었고, 나는 그의 손을 꼭 붙잡은 채 깊이 숨을 내쉬고는 말을 이었다.

"당신이 곁에 없는 게 이렇게 힘들 줄 몰랐어요. 내가 이곳에 온 뒤부터 우리 둘 사이에 참 많은 일들이 있었지요. 당신이 내 삶 안으로 걸어 들어왔고, 나는 다시 고통을 이겨 내고 싶은 마음이 생겼어요. 다시 웃고 싶고, 다시 살아 보고 싶은 마음까지 들었으니까요. 내게 당신은 너무나 중요한 존재가 되어 버렸어요. 어쩌면 가장 소중한 사람이 되었는지도. 그러면서 한편으론 당신이 황폐하고 비어 있는 내 마음을 모두 채워 주고, 위로해 줄 수 있을 거라는 기대를 하게 된 것 같아요. 다시 누군가를 사랑하고 싶어졌지요."

순간 참을 수 없는 감정에 복받쳐 눈물이 흘러내렸다. 떨리는 손으로 그의 손을 더 세게 움켜쥐었다. 그의 눈엔, 결국은 내가 그에게 안겨 주게 될 고통이 어려 있었다. 하지만 끝까지 가야 했다.

"하지만 아직 마음의 준비가 되지 않았어요. 불확실한 것들이 너무 많아요. 당신이 메간에게 한 것처럼 내가 과연 콜랭을 내 삶에서 멀리 떼어 낼 수 있을지 자신이 없어요. 당신을 사랑하게 되면 언젠가는 당신을 원망하게 될지 몰라요. 당신은 결국 콜랭이 아니라며 비난하게 될지 몰라요. 당신은 나의 목발도, 치료약도 아니에요. 당신은, 나를 치유해 줄 수 있는 힘 때문이 아니라 오직 당신이기 때문에 사랑받아야 해요. 조건 없는 사랑을 받을 자격이 있는 사람이니까요. 그런데 아직은 내 마음이 준비되지 않았어요. 먼저 나 혼자의 힘으로 다시 일어서야 해요. 회복해야 해요. 강해지고, 잘 지낼 수 있어야 해요. 누구의 도움도 받지 않고 혼자 일어설 수 있어야 해요. 그리고 난 뒤에야 누군가를 진정으로 사랑할 수 있을 것 같아요. 온전히 사랑할 수 있을 것 같아요. 날 이해해 주실 수 있죠?"

마치 손바닥에 뜨거운 불덩이가 떨어지기라도 한 듯 내 손을 밀쳐 냈다. 동시에 그의 얼굴이 일그러졌다. 나는 깊은 숨을 내쉬며 허공을 올려다보았다. 마지막 결단의 말을 꺼내야 했다.

"떠나려고요. 당신 곁에서는 혼자 일어설 수가 없어요."

속으로는 내내 혼잣말로 중얼거리고 있었다. '당신에게서 멀리 떨어지면 살 수 없을 거야.' 라고. 눈물이 쉬지 않고 흘러내렸다.

"이미 비행기 표를 예약해 놓았어요. 며칠 뒤 이곳을 떠나요. 파리로 돌아가려고요. 먼저 내 자신을 다시 찾아야 해요. 당신 없이 나 혼자의 힘으로."

그의 손을 잡으려고 했지만 그가 한 발 뒤로 물러섰다.

"미안해요."

그는 두 눈을 감고 주먹을 불끈 쥐고는 깊은 숨을 내쉬었다.

잠시 후 자리에서 벌떡 일어나 현관문 쪽으로 걸어갔다.

"잠깐만 기다려요."

나는 그에게 달려가 애원했다.

그는 문을 활짝 열어 둔 채로 차에 올라타고는 그대로 떠났다. 그 순간, 어쩌면 그를 다시는 보지 못할지 모른다는 생각이 들었다. 눈물이 흘렀다.

펠릭스에게 내 결정을 알려야 결심이 흔들리지 않을 것 같았다.

그에게 전화를 걸었다.

"또 너야!"

"그래. 그런데 나를 다시 견뎌 볼 준비는 되어 있는 거야?"

"무슨 소리야?"

"돌아가려고 해."

"뭐라고?"

"파리에 돌아가겠다고."

"와우! 멋진 파티를 준비해야겠다. 그리고 우리 집에서 같이 살자."

"잠깐만, 절대 파티 준비는 하지마. 그리고 당분간 나는 북카페 이층에 있는 스튜디오에서 지낼 거야."

"너 어떻게 된 거 아니야. 거기 완전 창고라니까."

"괜찮아. 아주 훌륭해. 그리고 거기서 살아야 제 시간에 북카페를 열 수 있을 테고."

"다시 일하기로 마음먹은 거야? 이거 완전 희소식인데."

"그래. 진심이야. 북카페에서 만나자."

"너무 서두르진 마. 일단 공항으로 데리러 나갈게."

"그럴 필요 없어. 이젠 혼자 찾아갈 수 있어."

세 시간 뒤, 나는 무거운 마음을 안고 아비와 잭을 찾아갔다. 쥬디트가 문을 열어 주었다.

"네가 와 있는 줄 몰랐어." 내가 말했다.

그녀가 내 목에 달려들었다.

"오빠 어디 있어? 어제 저녁 그 여자를 만났는데 바에서 남자들을 유혹하느라 정신이 없던데. 그대로 차를 몰고 너에게 축하의 말을 전해 주려고 왔지."

"네가 있어서 다행이야. 모두에게 할 말이 있거든."

"무슨 일인데?"

"자, 일단 빨리 들어와."

그녀가 나를 안으로 안내했다. 아비가 나를 두 팔로 붙들고 '내 귀여운 애기' 라고 부르며 반겼다. 쥬디트가 에드워드와 나와의 관계를 얘기해 준 게 틀림없었다. 눈물이 핑 돌았다. 그런데 잭은 이미 모든 걸 알고 있는 눈치였다. 얼마 지나지 않아 내가 모처럼의 들뜬 분위기를 망쳐 놓을 거라는 것까지.

우리는 자리를 잡고 앉았다. 아비와 쥬디트는 소파에 앉아 안절부절못했다. 잭만이 가만가만 나를 살피기 시작했다.

"떠나기로 한 거죠? 그죠?" 그가 내게 물었다.

"네."

"뭐라고? 무슨 소리야? 어떻게 된 거야" 쥬디트가 소리쳤다.

"내가 살아야 할 곳은 파리예요."

"그럼 오빠는 어쩌고?"

코끝이 시큰해지면서 온몸이 움츠러 들었다.

"오빠를 정말로 사랑하는 줄 알았는데. 너도 별수 없군. 너 역시 오빠를 이용했을 뿐이야. 결국에는 버리고."

"쥬디트, 그만해." 아비가 말을 끊었다.

"언제 떠나지?" 잭이 물었다.

"모레요"

"그렇게나 빨리." 아비가 소리쳤다.

"그게 나을 거 같아요. 그런데 문제가 생겼어요. 내가 떠나기로 한 걸 알고 에드워드가 어디론가 나갔는데, 아직 돌아오질 않았어요. 벌써 사흘째예요. 어디로 간 건지. 너무 죄송해요."

"네 잘못이 아니지." 잭이 말했다.

쥬디트는 소파에서 벌떡 일어나 전화기를 들었다.

"자동 응답기가 돌아가네." 그녀가 화를 버럭 냈다. "옛날처럼 완전히 사라졌군. 그런 경험은 한 번이면 족한데, 두 번씩이나. 말도 안 돼. 다 필요 없어. 꺼져 버려."

그녀는 화를 이기지 못해 붉으락푸르락 하면서 전화기를 내동댕이쳤다. 그리고는 내가 그 자리에 없는 것처럼 행동했다.

"이제 그만 가 볼게요." 내가 말했다.

나는 현관문으로 걸어 나왔다. 세 사람 모두 나를 따라 나왔다. 잭이 아비를 어깨로 감싸는 게 보였다. 슬픔과 불안감이 그들의 얼굴 위로 지나갔다. 문턱에서 아비가 내 팔을 붙들었다.

"파리 가면 소식 전해 줘요."

"그동안 너무 고마웠어요." 나는 눈물을 흘리지 않으려고 애쓰면서 대답했다.

그리고는 껴안아 주었다. 잭의 뺨에 입을 맞추고, 쥬디트를 향해 돌아섰다.

"자동차 있는 데까지 같이 갈게." 그녀가 툭 던졌다.

나는 차 문을 열고 가방을 차 안에 던져 넣었다. 쥬디트는 아무 말도 하지 않았다.

"좋은 친구 하나를 잃는 건가?" 내가 물었다.

"완전 바보가 되기로 작정했군. 오빠 일만 해도 벅차다고."

"오빠 잘 보살펴 줄 거지?" 내가 염치없이 부탁했다.

"그를 뻥 차 버리겠다고 확실하게 말해 줘."

"네게 무슨 말을 해야 할지 모르겠어. 내가 원했던 건……."

"나도 알아." 그녀가 내 눈을 똑바로 응시하며 말을 끊었다. "파리로 널 보러 가도 되는 거지? 불쑥 그런 마음이 들면?"

"물론이지. 언제든."

어느새 내 눈에 눈물이 핑 돌았다. 쥬디트의 눈에도 눈물이 가득 고여 오는 게 보였다.

"자, 이제 가 봐."

그녀를 꼭 끌어안아 주고는 차에 올랐다. 그리고는 더 이상 뒤돌아보지 않고 앞만 보고 차를 몰았다.

대청소를 했다. 이곳에 남긴 나의 흔적들을 모두 지우고 싶었다. 현관 앞과 차 트렁크엔 짐들로 가득했다. 트렁크를 닫으며 여전히 인기척이 없는 그의 집을 돌아다보았다. 아일랜드 바닷가에서의 마지막 시간들이 더없이 삭막한 고독 속에서 끝나가고 있었다.

마지막 밤은 소파에 오도카니 앉아 뜬눈으로 지새웠다. 무엇을 기다리는지도 모른 채 기다렸다. 아침 첫 햇살이 희미하게 거실에 비쳐 들기 시작했을 때야 힘겨운 고행의 시간을 닫았다. 물을 들이켜듯 커피를 마시고, 담배 한 대를 피워 물었다. 그리고 내가 머물렀던 곳을 마지막으로 돌아다보았다.

창밖으론 비가 내리고 있었다. 새벽녘 어스름한 기운이 유리창 위로 퍼져 있었다. 바람마저 세게 불었다. 마지막까지 아일랜드의 변덕스런 날씨를 겪어야 했다. 왠지 이것마저 그리워질 것 같았다.

현관문을 닫고 돌아서려는데 갑자기 어지럼증이 일었다. 이마를 문에 대고 한참을 그렇게 서 있었다. 이제 떠날 시간이었다. 차쪽으로 고개를 돌리는데, 순간 온몸이 그대로 마비되는 것만 같았다. 에드워드가 잔뜩 굳은 얼굴로 서 있는 것이었다. 그에게 달려가 두 팔에 매달렸다. 그가 나를 품에 안은 채 머리칼을 가만가만 쓸어 주었다. 나는 심호흡을 하며 그의 향기를 맡았다. 그의 입술이 내 이마에 와 닿았다. 그리고는 한참 동안 그대로 서 있었다. 용기를 내어 그를 향해 두 눈을 뜨자 그가 커다란 손으로 내 뺨을 어루만져 주었다. 그에게 몸을 기댄 채 손바닥에 얼굴을 부볐다. 애써 미소를 지어 보려고 했지만 그럴 수가 없었다. 그를 가만히 놓아 주었다. 그는 여전히 나를 물끄러미 쳐다보고 있었다. 그 눈길이 마지막이란 걸 알고 있었다. 그는 바닷가를 향해 터벅터벅 걸어갔다. 그 모습을 물끄러미 바라보며 나는 차에 올라 시동을 걸었다. 운전대를 너무 꽉 쥔 바람에 손가락이 아릿했다. 백미러로 그를 찾았다. 그는 비를 맞으며 그대로 바다 앞에 우뚝 서 있었다. 눈물이 쏟아지는 바람에 앞이 흐려졌다. 나는 손등으로 흐르는 눈물을 훔치고는 액셀러레이터를 세게 밟았다.

10

LE CONSULAT
RESTAURANT LE CONSULAT
CAFE
AUBERGE DE LA BONNE FRANQUETTE
LA BONNE FRANQUETTE

북카페 바로 앞에 택시를 세웠다. 운전기사가 트렁크를 인도 위에 내려 주었다. 카페 문은 닫혀 있고, 어딜 갔는지 펠릭스도 보이지 않았다. 이마를 유리문에 대고 안을 들여다보니 어두컴컴한 카페 안엔 뿌연 먼지만 날렸다. 여행 가방 위에 걸터앉아 담배를 피우며 주위를 둘러보았다.

이제 다시 출발점으로 돌아온 것이다. 달라진 건 아무것도 없었다. 사람들은 여전히 바쁘게 움직이고, 차량 행렬은 끝없이 이어지고, 상점들도 북적거렸다. 파리지앵들은 변함없이 소리를 질러 댔다. 아일랜드에서만 맛볼 수 있는 따뜻하고 소박한 분위기가 어느새 그리워졌다. 학교 교육과정에 그런 경험을 할 수 있는 프로그램이 있으면 좋겠다는 생각마저 들었다. 어쩌면 나 역시 이곳에서 이틀만 지내면 저들처럼 창백한 얼굴로 싹싹

하게 굴지도 모른다.

나는 한 시간이 넘도록 아무것도 하지 못하고 서성댔다. 멀리서 펠릭스가 벽에 바싹 붙은 채 걸어왔다. 웃옷 깃을 세우고 머리에는 챙 모자를 쓰고 있었는데 왠지 걸음걸이가 이상해 보였다. 그가 가까이 왔을 때야 얼굴에 붕대를 친친 감고 있는 걸 깨달았다.

"아무 말도 하지 마." 그가 말했다.

나는 깔깔댔다.

"왜 북카페 문이 닫혀 있는지 알겠군."

"네가 왔으니 그래도 집에서 나온 거라고. 절대 밖으로 나오려 하지 않았는데. 세상에, 그런데 정말 왔네." 그러면서 내 뺨을 꼬집어 보는 것이었다. "정말 말도 안 돼. 네가 떠나지 않았던 것 같아."

"기분이 이상해."

갑자기 그동안의 피로감이 한꺼번에 밀려 왔다. 나는 그의 팔에 안긴 채 한참을 울었다.

"그런 얼굴 하지 마. 괜찮아. 그냥 코가 좀 깨진 거니까."

"바보!"

그는 숨이 막힐 정도로 나를 끌어안고 흔들기 시작했다. 언제 눈물을 흘렸나 싶게 나는 활짝 웃었다.

"숨막혀 죽을 거 같아."

"정말 저 위에서 살 생각이야?"

"응. 지내기 더없이 좋은 곳인걸."

"네가 정 가난한 학생 역을 맡고 싶다면야 뭐."

그는 트렁크들을 차례차례 들어다 문 앞에 놓았다. 그리고는 어깨로 문을 밀치려고 툭 쳤다.

"아얏!"

나는 깔깔거렸다.

"그만해라!"

그가 내게 열쇠를 건네주었다. 문을 열고 안으로 들어가자 잔뜩 쌓여 있는 상자들이 제일 먼저 눈에 들어왔다.

"세상에, 저게 다 뭐야?"

"네 아파트 정리할 때 힘들게 구해 낸 것들이지 뭐야. 여기 갖다 놓은 지 꽤 오래됐어. 네가 돌아올 때를 위해 잘 보관해 두었지."

"고마워!"

나는 연속 하품을 하면서 지치지도 않고 조잘거리는 펠릭스의 얘기를 들어야 했다. 그러다 분위기 전환을 위해 피자를 시켰다. 상자를 탁자 삼아 그 위에 피자를 올려놓고 바닥에 주저앉아 둘이 같이 먹었다. 펠릭스는 다시 신이 나서 어쩌다 코를 다쳤는지 자세히 이야기하기 시작했다. 짐작대로 술을 진창 마신 다음 날 벌어진 해프닝이었다.

내가 중간에 말을 끊고 끼어들었다.

"저기, 그 얘기는 다음에 듣자. 앞으로 시간은 얼마든지 있을 테니. 지금 너무 피곤해서 그래. 쉬고 싶어. 내일 또 씩씩하게 시작해야지."

"뭘?"

"카페 문 열어야지. 안 그래?"

"지금 농담하는 거 아니지. 다시 일하고 싶은 거야?"

나는 그를 슬그머니 올려다보았다.

"오케이, 좋아. 알았다구."

"내일 아침 만나서 결정하자." 그가 일어나는 걸 보고 문까지 배웅하면서 내가 말했다.

그가 주머니에서 뭔가를 뒤적거리더니 열쇠를 꺼내 내게 건넸다.

"난 내일 아침 일찍 못 일어날 것 같아서." 그가 내게 입맞춤하며 인사했다.

"잘 자!"

그가 돌아서며 나를 이상하다는 듯 쳐다보았다.

"왜?"

"아니야. 다음에 얘기하자."

그가 떠나자마자 바로 침대에 누웠는데, 잠이 오지 않았다. 도시의 시끄러운 소음들, 클랙슨 소리, 사이렌 소리, 밤거리를 오가는 사람들의 소리들을 어떻게 까맣게 잊고 지낼 수 있었는지. 꽤 늦은 시간이었는데도 거리는 도시의 불빛들로 대낮처럼 밝았다. 뭐라나니는 내게서 너무 멀리 있었다. 에드워드도.

나는 건물 복도를 통과해 북카페 뒷문으로 갔다. 삐걱거리는 소리를 내며 문이 열리자 안에서 곰팡이 냄새가 훅 하고 몰려왔다. 전등 스위치를 눌렀지만 불이 들어오지 않았다. 고장 난 전구가 여럿 있었다. 카페 안은 그야말로 엉망이었다. 카페 한 가운데로 걸어 들어갔다. 그 자리에 서니, 갑자기 가슴 깊은 곳에 봉인해 두었던 기억들이 마구 튀어나올 것만 같았다. 책장을 쭉 살펴보니 곳곳이 비어 있었다. 선반에 꽂혀 있는 책들을 하나하나 손으로 훑어보다 한 권을 집었다. 표지 한쪽 귀퉁이가 접혀진 채 누렇게 바래 있었다. 다른 책들도 많이 훼손되어 있었다. 카운터 뒤로 돌아가, 바 테이블의 나뭇결을 손으로 쓰다듬었다. 손끝에 먼지가 잔뜩 묻어났다. 그릇들을 힐끗 쳐다보니 이 빠진 유리컵과 찻잔들 투성이였다. 커피 머신 압착기 하나에는 '고장' 이라고 적힌 포스트잇이 붙어 있었다. 회계장부들도 바닥 여기저기에 아무렇게나 던져져 있었다. 온전하게 제자리를 지키고 있는 건 사진 액자 밖에 없었다. 커피 머신은 한동안 쿨렁거리는 소리를 내다 왈칵 거뭇한 액체를 쏟아 냈다. 나는 벽에 기대어 커피를 맛보며 이맛살을 찌푸렸다. 적어도 한 가지 교훈은 얻은 셈이었다. 펠릭스에게는 절대 아무것도 맡기지 말아야 한다. 다시 이 카페를 흔들어 깨우기로 마음먹었다. 어려움에서 벗어나 두 발로 딛고 일어서기 위해, 온전히 새롭게 일어서기 위해.

나의 친애하는 동업자가 도착했을 때 나는 이미 물걸레질을 세 번째 하던 중이었다.

"앞으로 청소부가 되기로 작정한 거야 뭐야?"

"그래. 근데 너도 그래야 할 것 같은데."

그의 얼굴에 고무장갑 한쪽을 던졌다.

한참 청소를 한 뒤 우리는 기진맥진해서 바닥에 털썩 주저앉았다. 인도에 쌓아 둔 쓰레기봉투만도 열 개가 넘었다. 우리가 지저분해진 만큼 카페는 아주 깨끗해졌다.

"펠릭스, 앞으로 공공 도서관 사서 놀이는 그만해."

"그럼 뭘 할까? 장사꾼 놀이?"

나는 고개를 가로저었다.

"친구들한테 단단히 말해 둬. 앞으로는 물 한 잔도 공짜는 없다고. 알았지?"

"그렇게 나오니까 무서운데."

그는 두 팔로 얼굴을 가리며 말했다. 꿀밤을 한 대 쥐어박으며 자리에서 일어섰다.

"자, 이제 가서 마음껏 즐기시지."

"내일은 뭐 할 건데?"

"필요한 물품들을 주문해야지."

"내가 도울 일이 있을까?"

"안심해. 내일은 실컷 늦잠 자도 좋아."

펠릭스와 나는 각각 긴 테이블 양쪽에 서서 일을 했다. 그는 주문할 품목들을 정리했고, 나는 그동안 계산을 꼼꼼히 따져 보았다. 어느새 창밖은 짙은 어둠이 내려앉고 있었다.

"이제 스톱! 지루해 죽겠다. 그만하자." 그가 소리쳤다.

그는 의자에서 일어나 와인을 두 잔 준비하고는 장부들을 한쪽으로 밀쳤다. 그리고는 테이블 위에 걸터앉았다.

"웬일이지? 사령관님께서 호통을 치지 않으시니."

"오늘은 그만하자고 말하려던 참이었거든."

그는 활짝 웃으며 건배를 하고는 테이블 위에 놓여 있던 담뱃갑을 집어 드는 것이었다. 나는 그를 째려보았다.

"제발, 지금은 문 닫았잖아. 담배 한 대 정도 필 권리는 보장해 주라. 게다가 그대도 더는 버티지 못할걸"

그는 내 코 밑으로 담배를 들이댔다.

"좋아. 한 개비 던져."

나는 담배에 불을 붙이고는 와인을 마시며 물었다.

"내가 달라진 거 같아?"

"콜랭하고 클라라가 있을 때도 네가 지금처럼 일하는 건 본 적이 없었어. 놀라울 뿐이라니까. 어떻게 혼자 척척 잘할 수 있게 된 거지?"

"다시 시작해 보고 싶어. 새로운 삶을 살아 보고 싶어. 그러려면 여기서부터 시작해야 할 것 같았지. 이런 멋진 곳이 있으니 얼마나 다행이야. 그치?"

"설마 워커홀릭 되겠다는 건 아니겠지? 그거라면 나는 사양할래."

"네가 일하는 거 봐서는 별 타격이 없을 것 같은데."

"진지하게 말해 봐. 요즘 마음이 어떤 거야?"

"좋아."

"그래, 그럼 오늘 나하고 화끈하게 한 잔 할까?"

"아니야. 나중에."

"그렇다고 평생 이 카페에 갇혀 지내겠다는 건 아니겠지."

"약속할게. 언젠가 같이 화끈하게 즐기러 갈게."

"이제 다른 사람들도 만나고 그래야지. 아직 잘 모르지만 괜찮은 녀석을 만나 볼 때도 되지 않았나?"

언젠가는 그동안 내게 일어난 일을 고백해야 할 때가 올 거라는 걸 잘 알고 있었다.

"그게…… 너무 일찍 만나면……그게 문제인지도."

펠릭스가 한숨을 내쉬었다.

"콜랭이 떠난 지 벌써 2년이나 지났어."

"나도 알아."

"설마 고양이나 돌보는 노파로 남겠다는 건 아니겠지. 그건 너무 절망적이잖아."

그는 머리를 흔들면서 테이블에서 펄쩍 뛰어내렸다.

"잠깐만. 화장실 좀 갔다 올게."

"그래. 잘 됐네. 담배나 피우고 있을게."

다섯, 넷 셋, 둘, 하나!

"너, 누구 만났지?" 펠릭스가 화장실에서 나오면서 고래고래 소리쳤다.

"지퍼나 잘 채우시지."

"대답해 봐. 누구 있는 거지? 어디 있어? 내가 아는 놈이야"

"응."

"에드워드구나! 아일랜드 남자를 만나다니! 그럴 줄 알았다니까. 그래서? 홍미진진한 얘기니, 자세히 좀 해봐."

"할 얘기가 없어. 간단히 말해 그가 내게 무척 잘해 주었는데 내가 그를 많이 아프게 했어. 그래서 그를 잃어버린 것 같다는 게 다야."

"네가 누구를 힘들게 할 사람이 아니야. 파리 한 마리도 어쩌지 못하면서. 그 남자한테 상처를 줬다니 믿을 수 없어."

그는 나를 숨막힐 정도로 꼭 끌어안아 주었다. 늘 그래 왔듯이.

"자, 무슨 일이 있었는지 얘기해 봐."

"제발, 그 사람 얘기는 하고 싶지 않아."

"왜?"

"보고 싶으니까." 나는 펠릭스의 품에 더 파고들었다.

"그놈을 네 트렁크에 넣어 가지고 오지 않은 게 얼마나 다행인지. 그랬으면 문제가 꽤 심각했을걸. 매번 네 애인을 유혹하려고 달려 들었을 테니."

나도 모르게 눈에서 눈물이 흘러내렸다. 기뻐선지 슬퍼선지 알 수가 없었다. 펠릭스는 오랫동안 나를 어린아이처럼 품에 안고는 흔들어 주었다. 덕분에 겨우 마음을 가라앉힐 수 있었다.

카페 오픈 준비는 모두 끝났지만 정작 나는 전혀 준비되지 않았다. 전날 잠을 제대로 잘 수가 없었다. 걱정도 됐지만 그만큼

흥분했던 것도 같다. 마지막으로 카페 안을 돌아다보았다. 모든 것이 깨끗하게 정돈되어 있었다. 새로 구입한 식기들도 제자리에 놓여 있었고, 커피 머신도 문제없이 작동했다. 머신에서는 그 이름에 걸맞은 맛있는 커피가 나왔다. 홀 안은 반짝반짝 윤이 났고, 책장에는 신간 도서에서부터 온갖 책들이 손님들을 기다리고 있었다. 펠릭스와 나는 도서 목록들을 재정비했다. 그동안 오래도록 문학계 소식에 어두웠기 때문에 책 목록 선정은 모두 펠릭스에게 일임했다.

"이제는 로큰롤스러운 것들도 구비하고 있어야 해." 펠릭스가 말했다. "그런 걸 찾는 손님들이 많이 오거든."

이곳에 오는 사람들 대부분이 그를 찾아온 손님들이었으니 그의 말을 전적으로 신뢰할 수밖에. 그렇게 해서 결국 그는 척 팔라닉(역주: 미국의 소설가 『파이트클럽』으로 잘 알려져 있다.), 어빈 웰시(역주: 스코틀랜드의 소설가. 대표작으로 『트레인스포팅』이 있다.)의 책과 로랑 베토니의 최신작까지 주문했다. 책 제목은 『지상의 육체들』인데 그가 이렇게 말했다. "사드가 현대 스타일로 『위험한 관계』(역주: 1782년 발표된 프랑스작가 쇼데를로 드 라클로의 서간체 소설. 프랑스 혁명전의 문란하고 퇴폐적인 상류사회를 차가운 눈으로 관찰하였다.)를 썼다고 해야 할까? 너도 곧 알게 될 거야. 우리에게 꽤 괜찮은 스캔들의 향기를 가져다줄 테니."

나는 미소 지었다. 2년 간의 무기력증에서 막 벗어나는 터이기에 약간의 사치와 스캔들은 얼마든지 받아들일 준비가 되어 있었다. 드디어 '오픈' 간판을 내걸었다. 딸랑거리는 벨 소리를 듣고 싶어 문을 열었다. 클라라가 좋아하던 소리였다. 눈을 감으니 저 너머로 아이의 미소가 보였다. 그때 첫손님이 들어왔다. 하루가 시작되고 있었다.

펠릭스는 정오 무렵 장미와 프리지아꽃 한 다발을 가슴에 안고 왔다. 콜랭이 내게 종종 선물해 주던 부케였다. 그가 수줍은 듯 내게 꽃다발을 내밀고는 옷걸이 쪽으로 다가가 웃옷을 걸었다. 적당한 자리에 꽃다발을 내려놓고 나는 그에게 다가갔다. 사뿐사뿐 뒤꿈치를 들고 걸어가 그의 뺨에 입을 맞추었다.

"콜랭이 너를 바라보며 무척 대견해하고 있을 거야." 그가 내 귀에 대고 속삭였다.

휴일인 일요일은 하루 종일 집을 정돈하며 시간을 보냈다. 파리에 돌아온 지 보름이 지났는데도 거실 곳곳에 박스와 트렁크들이 뒹굴고 있었다. 스튜디오는 그리 넓지 않았지만 마음에 들었다. 이곳에 있으면 마음이 편안해졌다. 벽에 콜랭과 클라라의 사진을 걸고, 옷장에는 내 옷만 걸었다. 그리고 책장에는 아일랜드 갈 때 들고 갔던 책들을 다시 가지런히 꽂았다. 콜랭이 선물로 준 멋진 커피 기계들도 진열했다. 이삿짐 꾸러미에서 잃어버릴 뻔했던 이 보물들을 구해 준 펠릭스가 얼마나 고마운지.

이제 트렁크 하나만 정돈하면 끝이었다. 그 안에는 에드워드의 사진들이 들어 있었다. 나는 바닥에 털썩 주저앉아 사진들을 물끄러미 바라보았다. 반짝이는 인화지에 찍힌 우리 둘의 모습을 보고 있으니 여러 추억들이 한꺼번에 밀려왔다. 에드워드는 잠시도 내 머릿속을 떠나지 않았다. 그가 잘 지내고 있는지, 무엇을 하며 지내는지, 내가 다시 일을 시작했다는 걸 알면 뭐라고 할지. 그도 나를 생각하고 있는지도 알고 싶었다. 사진들을 벽장 구석에 세워 둔 액자에 가지런히 정돈했다. 한숨을 길게 내쉬고는 음악을 틀었다. 그리고는 샤워부스 아래 서서 뜨거운 물을 온전히 받고 서 있었다. 내일은 또다시 한 주일을 시작하는 날이었다. 7시 반이면 눈을 뜰 테고, 바닥에 발을 딛고 일어서 옷을 입고 카페 문을 열겠지. 카페를 찾은 이들에게 미소를 지어 보일 테고 그들에게 말을 걸겠지. 끝까지 잘해 내고 말 거야. 달리 선택의 여지는 없었다.

침실 커튼 사이로 환한 햇빛이 새어 들어왔다. 한 줌의 이 햇살 덕분에 나는 오늘도 무사히 보낼 수 있을 것이다. 어느새 한 달이 지나가고 있었다. 더는 뒤로 물러설 수 없었다. 천천히 외출할 준비를 했다. 창문을 열고 창턱에 기대앉아 커피를 마셨다. 그리고 하루를 여는 첫 담배를 피워 물었다.

아침마다 그랬듯이 오늘도 카페 뒷문으로 들어갔다. 오늘은 다른 날과 달리 문을 좀 늦게 열겠다는 안내판을 창문에 붙였다. 이어 모든 것이 자동 기계처럼 척척 진행되었다.

꽃가게에서 흰 장미 한 다발을 샀다. 두 팔 가득 꽃다발을 안고 알 수 없는 낯선 흥분에 휘청거리며 가로수길을 따라 걸었다. 내게 너무도 익숙한 길이었다.

그들의 무덤 앞에 서서 어깨를 한껏 으쓱해 보이면서 긴 한숨을 내쉬었다. 묘지는 깨끗하게 단장되어 있었다. 대리석 위에 꽃잎을 몇 개 따서 올려놓고는 나머지 꽃은 꽃병에 꽂았다. 손끝으로 그들의 이름을 쓸어 보았다.

"내 사랑, 내 아가, 내가 왔어. 둘 다 너무 보고 싶었어. 아일랜드는 정말 멋진 곳이었어. 당신과 클라라와 함께였다면 얼마나 좋았을까. 클라라야, 이 엄마가 네가 좋아하는 커다란 개와 모래사장에서 마구 뒹굴었단다. 네가 있었으면 그 개 등에 올라타 열심히 쓰다듬어 주었을 텐데. 네가 그렇게 좋아하던 개를 키우지 못하게 한 게 얼마나 후회 되던지. 엄마는 널 너무 사랑한단다."

두 뺨 위로 쉬지 않고 눈물이 흘러내렸다.

"콜랭, 내 사랑, 당신을 너무 사랑해. 언제쯤이면 당신을 내 마음에서 떠나 보낼 수 있을까? 그런데 얼마 남지 않았는지도 몰라. 당신은 이미 알고 있을 거야. 에드워드를 당신에게 보여주고 싶어. 당신 마음에 들 거야. 도대체 내가 무슨 말을 하고 있지? 내 마음에 들어야 하는 거지, 그치?"

주위를 둘러보다 눈물을 닦았다. 마지막으로 그들의 무덤을 다시 바라보고 머리를 한쪽으로 기웃하고는 혼잣말로 중얼거렸다.

'이제 가 봐야 해. 펠릭스가 나를 기다리고 있거든. 당신과 클라라를 너무 사랑해.'

북카페 앞에 막 도착했는데, 펠릭스는 아직 보이지 않았다. 당연한 일이었다. 어쨌든 오늘 하늘은 푸른빛으로 눈부셨다. 나는 가만히 두 눈을 감으며 빙그레 웃었다. 지금 이 순간 주어진 작은 행복을 마음껏 누리리라. 이것만으로도 내겐 큰 변화였다. 반지를 만지작거리며 언젠가 이걸 빼야 할 때가 올지도 모른다는 생각을 했다. 어쩌면 에드워드를 위해서! 그때 카페 안에서 전화 벨 소리가 울렸다. 이제 일을 시작할 시간이다. 카페 안으로 들어서며 간판을 올려다본다.

'행복한 사람들은 책을 읽으며 커피를 마신다.'

고통과 상실의 극복 과정 따뜻하게 그려

정미애

"그들은 노래를 흥얼거리며 계단을 우당탕탕 뛰어 내려갔다. 그들이 차 안에서 신 나게 노래를 부르며 깔깔대고 있는데, 트럭이 그대로 돌진했다고 했다."

단란한 가정의 평화로운 아침 풍경이 순간 '쾅' 하는 굉음과 함께 산산이 부서진다. 사랑하는 남편과 어린 딸을 교통사고로 한꺼번에 잃어버린 디안느. 소설 초입의 급작스런 반전처럼 불행은 우리에게 느닷없이, 어느 순간 예고도 없이 들이닥치는 건지도 모르겠다. 얼마 전 갑자기 심장마비로 형부를 잃은 언니의 불행처럼……. 소설 『행복한 사람들은 책을 읽으며 커피를 마신다』를 번역하는 내내 여전히 삶의 탈출구를 찾지 못한 채 어두운 터널 속에 갇혀 있는 언니를 떠올리지 않을 수 없었다.

사랑하던 두 사람의 부재로 텅 빈 집안엔 무거운 정적만이 감돌고, 더 이상 음악도, 웃음도, 대화도 없다. 그녀는 매일 의식을 치르듯 남편의 체취를 찾아 킁킁거리며 시트를 들척이고, 딸아이의 딸기 향 샴푸로 머리를 감는다. 그녀는 오직 그 누구의 방해도 받지 않는 먼곳으로 달아나 남편과 딸아이를 추억하며 서서히 죽어 가기를 바랄 뿐이다. 결국 그녀는 기네스를 좋아했던 남편이 꿈꿔 왔던 여행지인 아일랜드의 한적한 바닷가 마을로 '자발적 유배'를 떠난다. 살기 위해 나선 길이 아니었기에 공간이 바뀌었다고 고통스런 그녀의 일상이 달라진 건 조금도 없다. 오히려 괴팍하고 무뚝뚝한 이웃 별장에 기거하는 사진작가와의 크고 작은 갈등에 시달려야 했다. 침대에 시트를 뒤집어 쓰고 누운 채 창밖의 하늘과 구름을 넋 놓고 쳐다보다 지치면 탁 트인 베란다 창 앞에 서서 눈이 시릴 때까지 바다를 바라본다. 그러면서 비바람 내리치는 날에도 꿈쩍 않고 사진 작업에 몰두하는 에드워드를 관찰하는 일이 그녀의 일상 속으로 들어온다. 그 후 다혈질에 외골수이기까지 한 에드워드와의 다툼과 화해가 되풀이되면서 의식하지 못한 채 조금씩 서로에게 의지하게 되고, 마침내 사랑하는 사이로 진전되기 까지 여러 에피소드들이, 긴박하게 돌아가는 영화 장면처럼 전개된다. 배경은 언제나 금방이라도 굵은 비를 쏟아 낼 듯 낮게 드리워진 잿빛 하늘, 그 아래로 끝없이 이어지는 한적한 바닷가, 그리고 오후 4시만 되어도 티타임을 즐기듯 진한 커피향이 배어나는 기네스 맥주를 홀짝이는 아일랜드 바 안이다. 소설 중반으로 접어들면서, 에드워드의 옛 애인의 갑작스런 등장으로 갈등 구조가 실타래처럼 엉키며 이야기는 더욱 흥미진진해진다.

그러나 이 소설은 무엇보다 상처 입은 두 남녀의 사랑 이야기를 넘어, 저자가 첫 장에 프로이드를 인용하며 밝혔듯이, 여주인공 디안느가 어떻게 사랑하는 이들을 잃은 상실감을 안고 '정상적 애도'와 '병리적 우울' 사이를 방황하다 혼자의 힘으로 일어서는지의 과정을 그린 한 편의 치유 소설이라고 할 수 있다.(역주: "애도 단계를 벗어나려면 일정 기간이 지나야 한다. 그 전에 애도 과정을 방해하는 것은 적절하지 않으며, 심지어 해가 될 수도 있다."–지그문트 프로이드, '애도에 관하여', 메타 심리학 중 『애도와 우울』에서–. '애도'가 사랑하는 대상의 부재를 점차 사실로 받아들이고 그에 대한 애정을 다른 곳에 쏟으며 자신을 돌보는 방식으로 상실을 극복하고 치유되는 과정인 반면, 우울증은 이런 과정을 거치지 않고 자신도 이유를 알지 못한 채 자기를 학대하는 방식으로 이루어진다는 점에서 차이가 있기에 애도는 정상적이지만 우울은 병리적이다, 라고 프로이드는 말했다.)

오랫동안 임상심리학자로 의료 현장에서 활동해 온 저자, 아녜스 마르탱 뤼강은 첫 소설을 선보이며 '문학' 이라는 또 다른 하나의 애도의 방식을 통해 치료를 시도한 것이 아닐까. 디안느는 에드워드를 향해 고백한다. '당신은 나의 목발도, 치료약도 아니에요' , 라고. 먼저 혼자의 힘으로 다시 일어서야 한다고, 회복해야 한다고. 그리고 난 뒤에야 누군가를 진정으로 사랑할 수 있을 것 같다고. 그렇게 그녀는 여전히 고통과 상실의 기억이 생생하게 남아 있는 파리 한복판 자신의 일터인 북카페로 돌아간다. 그곳에서 진정한 회복을 위한 발걸음을 다시 한 번 내딛어 보기로 결심한다.

끝으로 나의 사랑하는 언니를 비롯해 이 책을 읽는 독자들이 각자 저마다 안고 있는 상실의 아픔과 슬픔, 그리고 고통을 때로는 용기 내어 밖으로 드러내고, 직시해 볼 수 있기를 바란다. 디안느처럼 비바람 휘몰아치는 겨울 바닷가에서 우뚝 서서 거센 파도에 저항도 해보고, 벼랑 끝에서 저 멀리 허공 아래를 묵묵히 응시하며 '충실히' , 그리고 '충분히' 애도 단계를 거쳐 마침내 환한 미소를 지을 수 있기를 소망한다.

행복한 사람들은 책을 읽으며 커피를 마신다

초판 1쇄 발행일 2014년 12월 10일

지은이 · 아네스 마르탱 뤼강
옮긴이 · 정미애

펴낸이 · 김종해
펴낸곳 · 문학세계사
주소 · 서울시 마포구 신수로 59-1(121-856)
대표전화 · 02-702-1800 팩시밀리 · 02-702-0084
이메일 · mail@msp21.co.kr
홈페이지 · www.msp21.co.kr
페이스북 · www.facebook.com/munsebooks
출판등록 · 제21-108호(1979.5.16)

값 12,000원
ISBN 978-89-7075-595-3 03860